LE REFLET DU MIROIR

DANS LA MÊME SÉRIE

1. *Le pouvoir des Trois*
2. *Le baiser des ténèbres*
3. *Le sortilège écarlate*
4. *Quand le passé revient*
5. *Rituel vaudou*
6. *Menaces de mort*
7. *Le violon ensorcelé*
8. *Le secret des druides*
9. *La fiancée de Nikos*
10. *La statue maléfique*
11. *La sorcière perdue*
12. *Mauvais esprits*
13. *Le jardin du mal*
14. *Démons sur le Net*
15. *Mauvaises fréquentations*
16. *L'ombre du sphinx*
17. *L'enlèvement des sorciers*
18. *Étranges nuées*
19. *Le reflet du miroir*

Charmed™

LE REFLET DU MIROIR

Une histoire originale de Jeff Mariotte
d'après la série télévisée « Charmed »
créée par Constance M. Burge

Fleuve Noir

Titre original :
Mirror Image

Traduit de l'américain
par Betty Peltier-Weber

ISBN : 2-265-07790-9
ISSN : 1627-8364

En tout cas, pensa Paige, *Golden Gate Park est un endroit affreusement sinistre quand il n'y a personne* !

— Timothy ! appela-t-elle en espérant qu'il était tout près, caché derrière les traînées de brouillard. Où es-tu ?

Une minute passa, peut-être même plus, avant qu'il ne réponde sur un ton curieusement froid et distant :

— Là, derrière les arbres !

Elle se tourna vers l'endroit d'où semblait émaner la voix, un épais bouquet d'arbres de l'autre côté des massifs de fleurs qui entouraient le moulin. Scrutant les troncs et les branches basses, elle aperçut enfin une forme ovale et blanchâtre qui devait être le visage de Timothy.

— Que fais-tu là-bas ? demanda-t-elle en riant nerveusement. Sors de là, voyons !

— On est plus en sûreté dans les arbres, répondit Timothy. Viens !

— En sûreté ? répéta-t-elle. Mais de quoi as-tu peur ?

PROLOGUE

Au cours de l'après-midi, la brume de San Francisco s'était furieusement épaissie, envahissant le ciel par pelotes denses accrochées à la crête des collines et le faîte de certains immeubles. Julia Tilton était en retard pour se rendre à son travail et avait déjà dû subir la moiteur du tramway. Etait-ce la raideur de la pente de Polk Street qui rendait son ascension aussi pénible ou le brouillard qui ralentissait son allure ? Quoi qu'il en soit, ses cheveux blonds mi-longs seraient trempés en arrivant et sécheraient lentement en formant d'horripilants frisottis. Son brushing était fichu !

Bien sûr, La Terraza n'allait pas faire faillite si elle arrivait dix minutes en retard. Jenny, sa collègue, resterait un peu plus longtemps et Julia enfilerait immédiatement son tablier pour prendre le relais et s'occuper du service de ses tables. Mais leur patron, M. Marzolla, avait tendance à piquer des crises épouvantables. Tout son corps devenait alors rouge de colère, mis à part une petite tache, qui s'obstinait à rester blanche, au sommet de son crâne dégarni. C'était à la fois comique et effrayant. D'ailleurs, il ne manquerait pas de la faire venir dans la cuisine, toujours trop encombrée, pour se mettre à hurler et à tempêter comme si elle venait de lui vider son compte en banque jusqu'au dernier centime.

C'était à cause du caractère impossible de Lou Marzolla que Julie épluchait chaque matin les petites annonces du *Chronicle*, à la recherche d'un autre emploi. Mais elle appréciait les gens avec lesquels elle travaillait et les horaires étaient flexibles. De plus, leur sauce au homard était un pur délice ! Sans parler des trois vedettes de cinéma qu'elle avait eu la chance de servir depuis son arrivée, deux ans plus tôt. Bon, Shawn Cassidy n'était peut-être qu'une starlette de téléfilms ringards, mais Susan Sarandon était une véritable vedette du grand écran et Clint Eastwood, eh bien… c'était Clint Eastwood ! Impossible de ne pas remarquer sa tête… ni le pourboire qu'il avait laissé sur la table. Bref, un souvenir inoubliable !

Sa recherche se poursuivait donc sans trop de précipitation et Julia évaluait chaque offre avec un esprit très critique, lui trouvant toujours un défaut ou un autre. Pour ce qui était du logement, elle avait eu plus de chance. Ayant dû précipitamment quitter son appartement mis en vente par le propriétaire, elle avait fini par s'installer avec trois autres colocataires dans un duplex spacieux de Mission District. Les lieux étaient quelque peu vétustes mais le prix abordable pour leur maigre bourse. Encouragée par ce succès, elle avait commencé à considérer le journal comme sa planche de salut et l'épluchait scrupuleusement chaque matin à la recherche du job parfait, tout en s'avouant qu'une telle chose ne pouvait exister.

Si elle n'arrivait pas au restaurant avant que M. Marzolla ne pète les plombs, cette recherche deviendrait vraiment urgente. Mais le brouillard lui retirait toute notion d'espace et elle avait l'impression de ne pas progresser du tout dans cet environnement étrange aux sons étouffés, comme si elle était seule dans la ville. La rue était pratiquement déserte. Le soleil venait de se coucher et, un peu plus loin sur Pine Street, les voitures fouillaient de leurs feux antibrouillard la brume épaisse comme une soupe, tandis que leurs pneus résonnaient lugubrement sur les pavés mouillés. Mais là, sur Polk Street, tout ce qu'elle entendait, c'était sa propre respiration et le bruit de ses pas martelant le ciment.

C'est du moins ce qu'elle croyait percevoir au début.

Tout en grimpant la colline, elle se rendit compte que la respiration qu'elle entendait n'était pas seulement la sienne. Il y avait quelqu'un d'autre, tout près, qui accordait son souffle au sien. Elle changea intentionnellement son rythme et entendit aussitôt une inspiration brusquement interrompue.

Julia s'arrêta et se retourna. Il n'y avait personne en vue, juste du brouillard qui circulait par petits paquets autour du pâté de maisons désert. Elle aurait pourtant juré avoir entendu quelqu'un…

C'est peut-être seulement le brouillard qui me joue des tours, songea-t-elle. *Il fait sûrement ricocher les sons, et renvoie un écho qui me fiche la trouille.*

Elle s'efforça de repousser ses craintes et reprit sa marche. Mais après quelques pas, elle s'arrêta pile et retint encore sa respiration.

Alors, une fois de plus, elle l'entendit : ce pas qui se posait peu après le sien et ce souffle haletant. Elle sentait une… *présence*, comme si quelqu'un se trouvait là, avec elle. C'était parfaitement désagréable.

— Qui est là ? demanda-t-elle en faisant une volte-face.

Toujours personne. Perdait-elle les pédales ? Peut-être son cerveau manquait-il d'oxygène ?

Elle se tourna de nouveau vers la montée. Il ne lui restait plus loin à aller. Encore une bonne centaine de mètres et elle arriverait au petit restaurant où l'accueilleraient un feu dans la cheminée, un sourire compréhensif de Jenny et un regard furibond de Marzolla. Bientôt elle serait en sécurité. Elle avança d'un pas et sentit quelque chose de mou et d'humide, comme une toile d'araignée mouillée, lui caresser la joue. Laissant échapper un petit cri, elle chassa l'air d'un geste agacé.

— C'est quoi, ce truc ? Qui est là ?

Personne ne lui répondit, mais avant qu'elle puisse faire un pas de plus, elle sentit quelque chose la frôler, sur la nuque cette fois-ci. Elle tapa dessus, mais toujours en vain.

Tout ça est parfaitement impossible ! se raisonna-t-elle. *Il n'y a rien, ici. C'est juste l'humidité, le brouillard. De la sueur dégouline sur ma joue et dans mon cou à cause de l'effort que je fournis. C'est tout, ma fille ! Reprends-toi, voyons !*

Elle s'en était presque convaincue quand une voix s'éleva, une voix douce et attirante, une voix d'homme.

— Tu es tellement jolie, murmurait-il.

C'est alors que Julia Tilton poussa un cri et prit ses jambes à son cou.

Elle fit l'erreur de courir dans la mauvaise direction, vers le haut, vers là où elle se rendait. Elle aurait mieux fait de descendre la pente, de manière à pouvoir prendre un peu de vitesse.

Ce n'est pas possible, pensa-t-elle. *C'est complètement, parfaitement, totalement impossible qu'un truc comme ça puisse m'arriver !*

Elle avait à peine fait six pas de plus quand elle sentit un nouveau contact. Beaucoup moins doux, celui-ci : carrément un coup sur les fesses qui la fit tomber sur les genoux. Elle sentit les gravillons du trottoir déchirer le tissu noir de son pantalon, écorcher la peau de ses genoux et elle se souvint brièvement de son époque « garçon manqué », quand elle passait les étés de ses dix-douze ans avec du mercurochrome sur les mains et les genoux à force de tomber à tout bout de champ.

Mais le moment de s'attendrir sur ce genre de souvenir était mal choisi. Elle balança violemment son sac à main derrière elle, vers celui qui venait de l'agresser, mais ne rencontra que du vide. Elle ravala un sanglot, sentit des larmes couler sur ses joues et s'efforça de se relever. Elle ne pouvait toujours voir personne, mais savait que cela n'avait aucune importance. Il était là et lui voulait du mal. Alors, elle poussa un long cri de détresse et se mit à trembler de panique.

Il se contenta de rire et lui agrippa l'épaule d'une main ferme. Elle balança de nouveau son sac, mais cette fois-ci, sa main parvint à toucher une substance indéfinissable qui s'évanouit immédiatement après, comme s'il n'y avait toujours eu que de l'air autour d'elle. Elle crut un instant apercevoir un visage d'homme en train de lui sourire à travers la brume, puis il disparut aussitôt, comme s'il n'avait jamais existé.

C'est un cauchemar, pensa-t-elle, *un mauvais rêve. Cela ne peut pas exister. Le monde ne fonctionne pas ainsi. Quelque chose peut être solide ou non, avoir une forme définie ou ne pas en avoir. Mais ce quelque chose ne peut pas disparaître ainsi, changer d'état ou de forme comme un brouillard et…*

Puis Julia Tilton n'eut plus une seule pensée cohérente. Une panique, une terrible panique déchiqueta sa conscience et la submergea. Elle commença à sangloter, à gémir, à pousser de petits cris comme des aboiements. Ses larmes dévalèrent ses joues comme les courants du Mississippi et elle se mit à trembler comme une feuille de peuplier dans la bise glacée de la Sierra.

Pour la jeune femme, ce fut un instant épouvantable, mais bref. Lorsque la longue lame brilla dans le faible rayon du soleil couchant filtrant à travers la brume, elle avait déjà cessé d'avoir peur car elle avait perdu connaissance.

CHAPITRE 1

Toutes les maisons font du bruit ; il se trouve seulement que les demeures anciennes en font un peu plus que les autres, pour des raisons parfois évidentes, parfois obscures. *Partager un manoir du* XIX*e siècle avec deux sœurs sorcières implique naturellement l'existence de bruits étranges*, pensa Paige Matthews. D'ailleurs, ses sœurs devaient, elles aussi, supporter ces bizarreries. Mais pour elles, ce n'était pas une nouveauté puisqu'elles avaient déjà vécu sous le même toit avec une autre sœur, Prue, morte quelques mois plus tôt.

La présence de Paige dans cette maison devait donc avoir quelque chose de rassurant pour elles, ramenant de nouveau leurs vies à un cours plus normal.

Normal, dans le sens chaotique du terme, bien sûr.

La maison avait une taille tout à fait décente, mais avec trois sœurs à forte tête et deux de leurs compagnons, on pouvait facilement s'y trouver à l'étroit de temps à autre. Et Paige ne se faisait aucune illusion : elle était aussi butée que ses sœurs, parfois même un peu plus.

Alors qu'elle brossait sa riche chevelure noire, une centaine de coups de brosse tous les soirs avant d'aller se coucher quand elle n'était pas en patrouille pour combattre les démons ou sauver des innocents des griffes du Mal, Paige entendit un rire strident qu'elle soupçonna être celui de Phoebe.

Cela voulait dire que Cole était là. Phoebe riait toujours ainsi quand il était près d'elle. Dans la plupart des maisons, il était facile de savoir qui entrait ou sortait, dans la mesure où les occupants se servaient d'inventions très pratiques qu'on appelle portes. Mais ici, tout le monde se téléportait, apparaissait ou disparaissait sans crier gare.

En les entendant faire tout ce raffut, Paige avait parfois envie de hurler, ensuite elle s'en voulait d'être aussi égoïste et ingrate. Ce qu'elle n'était pas, d'ailleurs. Pas le moins du monde.

Piper et Phoebe étaient ses sœurs, dont elle n'avait appris l'existence que très récemment, peu après la mort de Prue. En découvrant que cette mère qui l'avait abandonnée avait également donné naissance à trois autres filles, Paige était tombée des nues. En apprenant, de surcroît, que cette même mère était une sorcière et que son père, qui n'était ni celui de Piper ni celui de Phoebe, était un Etre de Lumière, Paige avait été bouleversée.

Mais depuis lors, Phoebe et Piper avaient adopté leur jeune demi-sœur, l'avaient accueillie dans le manoir ancestral, lui avaient fait prendre conscience de ses dons innés en sorcellerie et la traitaient comme la sœur qu'elle était. Elle ne pouvait vraiment rien leur reprocher.

Non, si elle leur en voulait, c'était plutôt parce qu'elles avaient l'air si heureuses avec leurs compagnons. Paige aimait les hommes, peut-être même un peu trop, parfois. Mais maintenant qu'elle était une sorcière, ses choix semblaient s'être un peu limités. Des garçons normalement humains ne pouvaient pas s'adapter à son nouveau style de vie. Ses sœurs et elles étaient à la merci de toutes sortes de choses épouvantables et elle avait remarqué que la gent masculine ne réagissait pas très favorablement à leurs pouvoirs surnaturels. Piper avait eu la chance de mettre la main sur un Etre de Lumière, et Paige ne voulait pas forcément réitérer l'expérience de sa mère. Phoebe, quant à elle, avait Cole, un ex-démon, ce qui ne manquait pas d'inquiéter Paige : comment un ex-démon et une sorcière pouvaient-ils se supporter ?

Alors, que restait-il à Paige ? Ni Etre de Lumière, ni ex-démon devenu gentil, ni humain qui soit à l'aise avec ce genre d'environnement... Peut-être existait-il, quelque part au monde, un garçon super sexy qui n'appartenait pas à cette étrange famille. Pour l'instant, en tout cas, elle ne l'avait pas encore rencontré.

Paige reposa la brosse et passa en revue la liste des tâches à accomplir avant de se coucher : cheveux, dents, visage. Sa tenue pour le lendemain était également choisie, mais elle avait préféré la laisser dans le placard afin qu'aucun esprit malintentionné ne la lui chiffonne durant la nuit. On n'est jamais trop prudent ! Elle avait aussi dit bonsoir à tout le monde. Bref, tout était en ordre. Elle retira sa robe de chambre en coton léger, la jeta sur le dossier d'une chaise, et se glissa dans son lit. Paige adorait les draps propres, fraîchement repassés, qu'elle mettait un point d'honneur à changer le plus souvent possible, même si elle était d'un naturel plutôt désordonné.

En posant la tête sur l'oreiller à fleurs, elle comprit enfin ce qui l'agaçait parfois dans l'attitude de ses sœurs. En fait, ce n'était pas vraiment leur faute. Ce n'était qu'un peu d'envie de sa part. Paige voulait ce qu'elles avaient : des relations à peu près stables avec des hommes qui connaissaient leur secret et les acceptaient malgré tout, les aimaient. Comment devait-elle se débrouiller pour en arriver là, elle aussi ? Franchement, elle aurait dû être heureuse de ce qu'elle avait : deux sœurs géniales qui l'aimaient, un toit au-dessus de la tête et un but dans la vie. Beaucoup de gens sur Terre ne pouvaient en dire autant.

Rassérénée, Paige ferma les yeux et s'endormit en quelques secondes.

Le brouillard s'étendait sur la ville comme un linceul, s'immisçant dans la moindre faille, emplissant chaque interstice, tamisant la lumière, étouffant les bruits, atténuant les odeurs. Du Golden Gate jusqu'à Hunter's Point, des boutiques pièges à touristes longeant l'Embarcadère jusqu'aux rives du lac Merced, San Francisco somnolait sous cette chape humide et froide.

Les origines précises du Manoir Halliwell se perdaient dans les limbes du passé, mais selon le peu qu'on en savait, il avait toujours appartenu à la famille. Cette belle demeure avait vraiment été construite pour San Francisco, en tenant compte du brouillard et des tremblements de terre. Restaurée et réparée à maintes reprises, elle résistait vaillamment aux ennemis qui avaient pris l'habitude de poursuivre leurs combats du Mal contre le Bien jusque chez les sorcières qui l'habitaient. Heureusement, une fois les fenêtres bouclées pour se protéger de la nuit froide, il était difficile de pénétrer dans la maison.

Mais le brouillard, cette nuit, était particulièrement tenace. Il rôdait, fouillait, attaquait tout : les poignées de porte, les fenêtres, les tuiles... Il envoyait ses tentacules comme mille serpents tout autour de la maison, cherchant une ouverture. Finalement, il réussit à en trouver une, minuscule, sous les charpentes qui avaient été mal réparées après l'attaque d'une boule de feu, lancée par un Démon G'nesht, cinq mois plus tôt.

Une fois entré, le tentacule de brouillard serpenta silencieusement à travers la maison, passant devant les occupants endormis, pour enfin venir flotter au-dessus de l'un d'entre eux. Puis le doigt de brume se mit à trembler et une poignée d'étincelles se déversa en pluie fine sur le visage de la dormeuse, disparaissant immédiatement après avoir touché sa peau.

Et d'une ! Le brouillard continua son chemin, laissant derrière lui sa première victime qui ne se réveilla pas mais se contenta d'essuyer sa joue comme pour y sécher une tache humide. Le tentacule de brouillard de plus en plus grand, sans se couper de la masse extérieure, entra dans une autre chambre et recommença le même manège. Une fois de plus, un imperceptible halo luminescent coula sur l'une des sœurs endormies, qui ne se réveilla pas, mais fronça le nez avant de se retourner dans son lit.

Le tentacule s'immobilisa enfin au-dessus de la troisième sœur qui dormait seule dans sa chambre et déversa sur elle la même poussière scintillante et immatérielle. Celle-ci ne réagit pas le moins du monde.

Puis le brouillard se dissipa, laissant simplement de vagues traces d'humidité sur le plafond de la maison qui sécheraient d'ici le lendemain matin.

Peu importait, de toute façon. Le travail était fait.

Et les trois sœurs ne seraient plus jamais les mêmes.

Phoebe avait dormi d'un profond sommeil, sans rêves, à peine consciente de la présence du bel homme aux cheveux noirs qui la tenait dans ses bras. Soudain, elle tomba dans un rêve comme dans un abîme sombre et terrifiant. Le paysage était rude et escarpé, l'atmosphère lugubre. Elle pouvait entendre un gémissement plaintif très lointain qui ressemblait aux cris des mères damnées qui ont perdu leurs enfants, des âmes prises dans un tourment éternel. Elle traversa ces lieux et ressentit un froid qui la pénétra jusqu'aux os.

Puis, suivant une logique purement onirique, elle se retrouva soudain dans un autre lieu, à l'intérieur du Manoir des Halliwell et, plus précisément, dans le grenier. Elle remarqua une commode poussée contre le mur, un de ces meubles dont on note à peine la présence tant ils sont ensevelis sous la poussière. Cette fois, cependant, elle ne voyait que lui. Il vrombissait presque, avec une certaine malveillance, produisant le même genre d'ambiance sombre et terrifiante que l'endroit qu'elle venait juste de quitter. Quand elle regarda la commode, l'observant étrangement de toutes les directions en même temps comme aucun mortel n'aurait pu le faire, le meuble commença à trembler, comme une créature vivante et terrifiée. Tout à coup, les tiroirs s'ouvrirent et du sang, épais et écarlate, avec cette odeur familière de métal, se déversa sur le vieux parquet du grenier.

Phoebe s'assit, totalement réveillée. Elle cligna plusieurs fois des paupières tandis que les dernières images du rêve s'évanouissaient, comme s'éteint peu à peu une scène prise au flash. Elle secoua Cole jusqu'à ce qu'il réagisse.

— Quoi ? marmonna-t-il. Qu'est-ce qui ne va pas, Phoebe ?

— Cole, il faut qu'on monte au grenier.

— Maintenant ? Quelle heure est-il ? Il est sûrement tard, très tard. Ou très tôt.

— Oui, maintenant ! insista Phoebe. Tout de suite. Allez, viens ! Sinon, tant pis, j'irai toute seule.

Cette menace rendit à Cole le sens de l'effort. Il s'assit et repoussa la couverture.

— Bon, bon, je viens. Mais de quoi s'agit-il, Phoebe ?

— J'ai eu une vision. Pas tout à fait une vision, d'ailleurs. Plutôt un rêve. Un rêve qui était un peu comme une vision. Enfin presque.

— Comment cela ? demanda-t-il en posant ses pieds nus sur le sol glacé.

Il avait l'air vraiment réveillé, maintenant. Et soucieux. Il fronçait ses adorables sourcils comme lorsqu'il s'inquiétait. Elle aurait pris le temps de s'attendrir si son rêve, ou sa vision, ne la tracassait pas autant.

— Tu ne peux pas avoir de rêves prémonitoires, Phoebe. Une vision ? Quel genre de vision ? Qu'est-ce que tu as vu ?

— Ce n'était pas vraiment une vision, j'en suis sûre, seulement un rêve assez terrifiant. Et ce n'est pas comme si j'avais vu quelque chose qui allait vraiment arriver. Ce n'était pas prémonitoire. C'était plutôt symbolique, je suppose. Mais avec le sentiment que c'était important, même urgent, et que des vies pouvaient être en danger.

— Quelles vies ?

— Je n'en ai aucune idée.

Elle était consciente d'être très vague encore, mais c'était tout ce qu'elle savait, ce qu'elle ressentait. Bref, rien de très précis.

— Des vies, ajouta-t-elle. Je ne peux pas t'en dire plus. Ni pourquoi. C'est peut-être à cause de tout ce sang.

— Du sang ?

— Oui. Allons jeter un coup d'œil là-haut ! insista-t-elle.

Ils ne mirent pas longtemps à trouver le meuble en question. Le grenier n'était pas la pièce la mieux rangée du manoir. Des générations de Halliwell y avaient entassé des vieilleries et la poussière s'était chargée de les couvrir d'un voile uniforme et grisâtre. Mais elle reconnut immédiatement la commode. Elle était exactement comme dans son rêve, mis à part le tremblement et la cascade de sang. D'un bois blond, ses tiroirs étaient recouverts d'une fine marqueterie et s'ouvraient avec des poignées d'un bois plus sombre, taillées en boutons de fleurs. Cela devait être un adorable petit meuble autrefois, et Phoebe fut surprise qu'aucune des sœurs ne l'ait réclamé pour décorer sa chambre. Elle ne comptait pas le faire non plus, surtout pas après ce rêve atroce, mais c'était un objet que Piper aurait pu apprécier.

— Bon, déclara Cole après avoir écarté les piles de livres et de boîtes qui en encombraient l'accès. Et maintenant ?

— Eh bien, dans le rêve il s'était mis à trembler et à vomir du sang, dit-elle. Comme s'il revenait de chez un dentiste vraiment très maladroit.

— Pour l'instant, il ne fait ni l'un ni l'autre. Ce qui me va tout à fait, d'ailleurs !

Il la considéra longuement, avec une expression qu'elle ne connaissait que trop bien : elle signifiait « je t'aime et je serai toujours là pour m'occuper de toi ».

— C'était peut-être seulement un rêve comme un autre, Phoebe.

— Je sais faire la différence, depuis toutes ces années, répliqua-t-elle. Mais ça, ce n'était pas un rêve *normal*. Tu peux appeler ça un cauchemar si tu veux, mais des rêves normaux sont irréels. J'ai plutôt tendance à vouloir l'appeler une vision car je peux sentir qu'il possédait une signification plus profonde.

Il haussa les épaules. Il n'était pas du genre à discuter quand il savait pertinemment qu'il n'avait aucune chance de gagner.

— Bon, d'accord. Je suppose qu'on devrait regarder cette affaire de plus près. Ce serait plus simple si on savait ce qu'on cherche… Euh… non… ce n'est pas vraiment nécessaire, n'est-ce pas ? ajouta-t-il quand elle l'eut fusillé du regard.

Ils commencèrent par les endroits les plus évidents. Ils inspectèrent tous les tiroirs, puis ils les sortirent et vérifièrent les côtés et l'arrière de chacun d'entre eux, tapant dessus pour détecter d'éventuelles cachettes ou des doubles fonds. Puis ils auscultèrent la carcasse, à la recherche de parois secrètes qui auraient pu cacher de mauvaises surprises. Cole aida finalement Phoebe à déplacer le meuble lourd pour l'éloigner du mur. Il fut tout de suite évident que son dos avait été cloué avec de petites pointes de finition bien après que le meuble avait été terminé. Le bois était d'une essence différente et son vernis moins usé. Et puis, le reste de la commode était chevillé, on ne voyait pas tous ces petits clous peu décoratifs.

— Bon, ça, il va falloir l'ôter, dit Phoebe avec une certaine satisfaction.

— On va faire du bruit, objecta Cole.

— Comme si quelqu'un était encore endormi avec tout le raffut que vous venez de faire, tous les deux !

Phoebe et Cole se retournèrent pour découvrir Léo et Piper. Sa sœur portait une chemise de nuit longue en coton et semblait d'une humeur plutôt massacrante. Léo, égal à lui-même, avait l'air en pleine forme.

— Où est Paige ? demanda Phoebe.

— O.K., je retire ce que j'ai dit, concéda Piper en se frottant la joue où quelque chose la chatouillait. Notre sœur qui est la seule à pouvoir résister à une explosion thermonucléaire dort encore. Mais c'est la seule. Est-ce que quelqu'un veut bien m'expliquer ce qui se passe ?

— Phoebe a eu un rêve… commença Cole.

— C'était plus qu'un simple rêve, intervint Phoebe. Plutôt une espèce de vision. Très puissante.

— Et tu rêvais que le grenier n'était pas assez en désordre comme ça et qu'il fallait que tu le chamboules un peu plus ? Au beau milieu de la nuit ?

— Je rêvais qu'il y avait quelque chose qui clochait avec ce meuble. Et c'est bien le cas. Maintenant, il faut simplement qu'on parvienne à retirer cette partie arrière et on saura peut-être ce qu'il en est.

— Tu as un pied de biche, Léo ? Ou une paire de tenailles ? demanda Cole.

Avant de se faire connaître comme l'Etre de Lumière des Charmed, Léo s'était fait passer pour le bricoleur du quartier. Ce qui tombait très bien, puisqu'il y avait toujours quelque chose à rafistoler dans une vieille maison comme celle-ci.

— Bien sûr, attendez une seconde.

Heureusement, quand il avait épousé Piper et emménagé, il avait entreposé sa boîte à outils dans le grenier. Il disparut derrière des caisses et revint avec un marteau et un ciseau de menuisier.

— Ça devrait faire l'affaire.

Il rejoignit Cole derrière la commode et Phoebe se poussa pour laisser le terrain aux hommes de la maison.

Deux minutes plus tard, le panneau avait été retiré, révélant une grosse enveloppe coincée contre la véritable paroi.

Phoebe la saisit.

— Tu vois ? s'écria-t-elle en la brandissant devant Piper. Il y avait vraiment quelque chose !

— Tu vas l'ouvrir ? s'enquit Piper. Ou simplement partir du principe que ce sont de mauvaises nouvelles ?

Sans doute avait-elle raison. Un rêve comme celui qu'elle venait de faire n'annonçait sûrement rien de bon. Mais puisqu'elle était venue jusque-là, elle allait l'ouvrir. L'enveloppe n'était d'ailleurs pas cachetée, mais le rabat simplement glissé à l'intérieur. Il s'y trouvait une simple feuille de papier que le temps avait brunie et rendue friable. Elle la parcourut rapidement des yeux.

— Tu ne t'es pas trompée, Piper. Ce sont de mauvaises nouvelles ! marmonna-t-elle en relisant soigneusement la lettre.

— Quoi ? Allez, raconte ! insista Piper avec impatience.

— C'est… c'est de tante Agnès, notre grand-tante Agnès, pour être précise.

— Je dirais même grand, grand, grand-tante, corrigea Piper. Au moins !

Piper avait toujours connu l'arbre généalogique sur

le bout des doigts et Phoebe n'insista donc pas. Sans doute avait-elle raison.

— Bref, tante Agnès, pour faire simple.

— Et ?

— On dirait que c'est une mise en garde. La lettre est adressée aux Charmed, sans autre précision.

— Donc à nous ? Et contre quoi nous met-elle en garde ? voulut savoir Piper.

— Voilà la partie importante : « Une sœur mourra et une nouvelle prendra sa place. Mais la nouvelle sorcière n'est pas une alliée, qu'on se le dise. C'est une traîtresse et une fois qu'elle aura gagné la confiance de la famille, cet esprit mauvais mettra en danger le Pouvoir des Trois. Il ne faut pas permettre cela, ne pas vous laisser déchirer par un membre de votre propre famille. »

Piper se tut un instant, enregistrant la phrase.

— Ouais ! dit-elle après une minute. Et on est censé croire ça ? On dirait que ça a été écrit par une gamine de dix ans qui a entendu trop d'histoires de fantômes. On ferait mieux de retourner au lit, Léo.

— Attends… son style n'est peut-être pas génial, mais admets que le scénario est tout à fait plausible, fit remarquer Phoebe.

— Je te rappelle qu'on parle de Paige. Tu es complètement à côté de la plaque ! Paige est notre vraie sœur. Elle n'est ni une traîtresse, ni l'esprit du Mal venu nous déchirer. Si cela avait été le cas, le Pouvoir des Trois ne fonctionnerait plus, voyons !

— Tu as sans doute raison, admit Phoebe. Mais j'aimerais en être aussi sûre que toi, Piper. Et puis, il y a eu ce rêve et je n'aurais pas été conduite ici s'il n'avait pas été si réel. La sensation que j'ai eue durant ce rêve était vraiment maléfique. Même si Paige est vraiment une Charmed, il y a quelque chose qui cloche quelque part.

— Cette vieille arrière, arrière, grand-tante Agnès avait peut-être un peu perdu les pédales, suggéra Piper.

Le meuble a également pu être fabriqué par un troll maléfique doué pour le travail du bois. Qui sait ? Je connais Paige et elle n'a rien de diabolique ! Un point c'est tout !

Phoebe fut surprise par la véhémence de sa sœur. Normalement, elle aurait au moins écouté son point de vue, accepté d'envisager cette possibilité. Mais Piper s'opposait à elle de manière radicale et cela l'agaçait au plus haut point. Cependant, au lieu d'approfondir les raisons de Piper, d'essayer de comprendre son attitude, Phoebe décida de l'ignorer.

— Possible, mais je sais ce que j'ai ressenti pendant le rêve et c'était affreux.

— Bon, tu viens, Léo ? demanda froidement Piper en se dirigeant déjà vers l'escalier. Je n'ai pas la force de me lancer dans une discussion oiseuse et je ne comprends pas que quelqu'un puisse perdre son temps à mettre en doute l'intégrité de Paige. Elle ne nous a jamais fait défaut.

— Nous aimons tous beaucoup Paige, intervint Cole. Mais peut-être devrais-tu t'intéresser davantage à ce que te dit la sœur que tu connais depuis toujours. Elle n'a aucune raison de vouloir nuire à Paige. Elle considère seulement les faits.

— Mais il n'y a pas de faits ! protesta Léo. Il n'y a qu'une lettre qui a peut-être plus de cent ans. Il n'y a aucun indice qui puisse nous faire croire qu'il s'agit bien de Paige.

— Je veux simplement dire que nous devons rester attentifs, répondit Cole. Jusqu'à ce que nous soyons complètement sûrs.

— Et moi, je veux simplement dire que si je ne retourne pas me coucher tout de suite, tout le monde s'en mordra les doigts. De toute façon, je n'ai pas l'intention de mettre en doute la loyauté de Paige à notre famille.

Elle tourna les talons et descendit l'escalier. Léo

considéra un instant Phoebe et Cole, puis haussa les épaules et la suivit.

— Léo a raison en ce qui concerne cette lettre. Nous n'avons aucun indice précisant que cette lettre vous est adressée et qu'il s'agit de Paige. C'est pourquoi on ne peut pas la considérer comme une vraie mise en garde.

— Excepté que nous sommes les Charmed et que j'ai eu un rêve cette nuit, protesta Phoebe. Je ne peux pas ignorer cet avertissement.

Elle ferma les yeux et posa la lettre sur la commode.

— Je ne veux pas soupçonner Paige, Cole. Je l'aime, tu le sais. Mais je sais aussi ce que j'ai vu et ce que j'ai ressenti.

Cole la prit par les épaules et elle se laissa aller dans ses bras qui savaient si bien la réconforter.

— Mais Piper a raison sur une chose, dit-il. Nous devrions retourner nous coucher. Nous pouvons toujours réfléchir à tout ça demain.

— Oui, je sais, répondit Phoebe.

Mais elle savait aussi qu'elle ne retrouverait pas le sommeil, cette nuit.

CHAPITRE 2

Piper s'était réveillée avec l'impression de ne pas avoir dormi un seul instant. Après le cirque de Phoebe dans le grenier, elle était restée éveillée, les yeux grand ouverts, écoutant Léo ronfler… D'accord, il ne ronflait pas mais respirait plus fort qu'aucun être humain n'était autorisé à le faire, surtout quand il s'agissait d'un humain mort un demi-siècle plus tôt et renvoyé sur Terre pour s'occuper de trois sorcières… Phoebe se trompait, au sujet de Paige. Cette accusation était trop injuste et Piper sentait une colère inattendue monter en elle. *Si Paige était une espèce d'espionne ou de traître*, pensa-t-elle, *on s'en serait déjà rendu compte*. Certes, elles ne connaissaient pas encore très bien Paige, et certainement pas aussi bien qu'elles avaient connu Prue qui avait été leur sœur aînée toute leur vie. *Mais elle n'est pas Mata Hari, tout de même !* conclut-elle.

Une douche lui avait fait du bien, mais sans plus. Après avoir enfilé un polo vert et un jean, Piper s'était installée à la cuisine, une tasse de café à la main. La soulever et la boire exigeait d'elle bien plus d'énergie qu'elle ne pouvait en fournir. Le café était donc en train de refroidir. Elle se demandait s'il valait mieux se lever et remettre la tasse au micro-ondes quelques secondes ou plutôt la zapper avec une dose concentrée de son propre pouvoir magique et accélérer suffisamment les molécules pour réchauffer le liquide devenu tiède.

Attention... profit personnel, pensa-t-elle. *Un grand interdit en sorcellerie*. Elle se rabattit donc sur la méthode quelque peu désuète mais plus exigeante sur le plan du travail physique.

Paige et Phoebe se trouvaient également dans la cuisine du manoir aux tons jaunes et pimpants. Paige se tartinait de grosses tranches de pain et Phoebe agitait vigoureusement une carafe de jus d'orange qu'elle venait de fabriquer à partir de concentré. Piper songea un instant lui demander si elle était furieuse contre tout l'Etat de Floride ou seulement contre ses oranges, mais elle ravala ses mots. Elle ne se sentait pas vraiment d'humeur à plaisanter, ce matin. Surtout avec Paige dans la pièce.

Phoebe et elle étaient descendues avant Paige et avaient eu une brève discussion à voix basse. Elles avaient décidé de ne pas parler à leur jeune sœur des événements de la nuit, dans le grenier, pas avant d'avoir pu approfondir la question par elles-mêmes. D'ailleurs, Phoebe allait devoir s'en occuper toute seule, car Piper refusait carrément de donner le moindre crédit à cette lettre remplie d'inepties.

Tout en refusant d'y penser, elle ne pensait plus qu'à ça.

Paige semblait remarquer la tension qui régnait dans la pièce et fit une tentative pour l'alléger.

— J'avais envie de faire un saut chez Macy's à midi. Il font leurs supers soldes. Ça tente quelqu'un ?

Comme personne ne répondait, elle continua :

— J'ai loupé l'enterrement de quelqu'un ou quoi ? Qu'est-ce qui vous prend, ce matin ?

— Juste de la fatigue, répondit Piper en s'efforçant de ne pas se montrer agressive. Pas assez dormi, ajouta-t-elle en jetant un regard noir à Phoebe.

Elle retira sa tasse du four à micro-ondes.

— Tu pourrais peut-être essayer de boire de ce café

au lieu de te contenter de le balader dans la cuisine ! suggéra Paige.

— Certains matins, il n'y a simplement pas assez de café sur Terre pour se réveiller, marmonna Phoebe.

Elle avait l'air aussi fatiguée que Piper et s'était contentée d'enfiler un vieux sweat-shirt pour prendre le petit déjeuner.

— Eh bien, dites donc, mes chéries ! s'inquiéta Paige. On est plutôt grognon…

— Désolée, répondit Piper.

Elle transporta son café réchauffé jusqu'à la table et s'assit en tournant le dos à ses sœurs.

Paige n'avait pas l'intention d'abandonner pour autant.

— Je ne sais pas ce qui vous arrive, les filles. Je vous ai fait quelque chose ? insista-t-elle.

— Non, personne n'est fâché, lui dit Phoebe.

— Oui, c'est ça ! protesta Paige, piquée au vif. Et les poules ont des dents !

— Paige ? dit Piper sans même se retourner. Nous sommes toutes irritables, ce matin. Alors, si on laissait juste tomber, d'accord ?

— Comme vous voudrez, répondit Paige sans cacher son exaspération. Continuez à bouder sans moi. De toute façon, je suis en retard pour mon boulot, ajouta-t-elle en ramassant sa tartine. A plus !

Elle sortit d'un pas rageur et claqua la porte derrière elle.

— Tu ne peux pas lui en vouloir de se poser des questions, dit Phoebe.

— C'est toi qui la suspectes !

— Je ne suspecte personne ! Je suis simplement inquiète à cause de la vision. Si c'était toi qui l'avais eue, tu serais inquiète aussi.

— Ah, parce que c'est une vision, maintenant ? Je croyais qu'hier soir c'était un rêve !

— Rêve, vision, peu importe ! C'est arrivé pendant

que je dormais et cela avait la consistance interne d'un rêve, ce qui ne veut pas dire grand-chose. Mais cela avait la clarté et l'impact d'une vision. Et cela nous a vraiment dirigés vers cette lettre, tu ne peux pas le nier. C'est la raison pour laquelle je lui accorde un certain crédit. La lettre se trouvait vraiment là.

Piper but son café, ignorant Phoebe. Elle savait que c'était un peu sa faute si la dispute se poursuivait. Elle avait décidé une fois pour toutes que Paige était digne de confiance, quoi qu'il arrive. Maintenant, chaque fois que Phoebe insinuait que la lettre pouvait contenir un soupçon de vérité, Piper s'accrochait à ses certitudes. Et automatiquement, Phoebe enfonçait le clou un peu plus loin.

Piper soupçonnait sa sœur d'être consciente de ce processus, mais toutes deux étaient tellement ancrées dans leurs positions qu'il n'y avait pas moyen de trouver un terrain d'entente. Elle ressentait quelque chose d'étrange à propos de cette situation, quelque chose d'anormal dans leur entêtement à s'enferrer ainsi chacune dans son opinion. Mais elle aurait été incapable de mettre le doigt sur ce qui se passait et décida finalement que c'était simplement parce que Phoebe se trompait du tout au tout.

— Je monte, annonça Phoebe après un instant. Je vais jeter un coup d'œil au *Livre des Ombres* pour voir ce qu'il a à nous dire sur cette vieille tante Agnès.

— Bonne idée.

Elle écouta les pas de sa sœur s'éloigner et ressentit un profond soulagement à rester seule.

Ce soulagement dura au maximum trois minutes et elle comprit qu'elle ne sortirait cette histoire de son esprit qu'en faisant autre chose. Elle se rendit donc dans la pièce voisine et alluma la télévision pour regarder les informations du matin sur la chaîne locale. Les mauvaises nouvelles ne manquaient pas dans sa vie quotidienne, avec des innocents en difficulté et des démons qui rôdaient en permanence à la recherche d'un mauvais coup. Regarder de mauvaises nouvelles à la télé devait donc tenir d'un masochisme un peu pervers.

Elle se laissa tomber dans un canapé à tissu fleuri, posa sa tasse de café sur la table et appuya sur le bouton de la télécommande.

Quand l'écran prit vie dans un crépitement électrostatique, il y avait une publicité pour des services d'appels longue distance, montrant un type d'un ridicule fini. Piper se demanda si en éliminant cet énergumène on avancerait la cause du combat du Bien contre le Mal. *Après tout*, pensa-t-elle, *ce gars insulte l'intelligence et le bon goût de chaque innocent qui a le malheur de tomber sur cette chaîne.*

Dans une colonne de lumière, Léo apparut sur le canapé, à côté d'elle.

— Génial ! J'adore ce type, déclara-t-il en éclatant de rire.

Piper lui lança un regard glacial, mais décida de ne pas insister. Heureusement, la publicité était terminée.

— D'où viens-tu ? demanda-t-elle.

Léo leva les yeux au plafond.

— Encore pris par tes missions d'Etre de Lumière ? s'enquit-elle. Je suppose que c'est 24 h/24, 7 jours/7, hein ?

— Non, j'étais en haut.

— Quoi ? L'escalier ne te convient donc plus ?

— Il y a une telle tension dans la maison que je ne voulais pas tomber sur Phoebe ou Cole. Il va falloir que vous fassiez un petit effort, et vite. Comment se fait-il que la situation se soit dégradée si vite ?

Piper haussa les épaules et laissa échapper un soupir.

— Je n'en sais rien. Mais ça va s'arranger. Nos disputes ne durent généralement que quelques jours. Celle-ci finira par passer, elle aussi.

— Pourvu que ça ne mette pas trop longtemps ! Imagine que vous ayez besoin de travailler ensemble… Le Pouvoir des Trois… ça te rappelle quelque chose ?

Piper lui jeta un autre regard glacial. Elle avait compté sur les nouvelles pour la distraire et voilà que Léo ramenait de nouveau ce sujet épineux sur le tapis. Dépitée, elle augmenta le volume du son.

« … mortellement poignardée dans Nob Hill hier soir », disait la présentatrice au brushing impeccable. Puis ce furent des images tournées sur la scène du crime, avec les bandes de sécurité et les policiers relevant des indices.

« Selon les premiers éléments, il s'agirait d'un tueur en série. Cette victime semble avoir été tuée de la même manière que les deux autres femmes retrouvées ces derniers jours. La police ne détient encore aucune piste concernant le meurtre de Julia Tilton, Sharlene Wells et Gretchen Winter, ni le mobile de l'assassin. »

« Une autre découverte macabre dans le vieux quartier de Tenderloin, ajouta la présentatrice d'un ton lugubre. Après une inondation due à des problèmes de plomberie, trois douzaines de squelettes ont été découverts, enterrés sous la cave d'un immeuble du XIXe siècle. Les services de recherche sont encore en train de rassembler les fragments d'os pour déterminer avec exactitude le nombre de personnes concernées avant de tenter de les identifier. Les ossements semblent avoir au moins une centaine d'années, disent les experts, peut-être même plus. Nous vous tiendrons au courant de l'évolution des recherches. »

— Quelle horreur ! dit Piper. Qui aurait pu enterrer tant de gens sous un immeuble ?

— Pas quelqu'un qui agit selon la loi, répondit Léo. A moins que les coutumes funéraires aient été très différentes à cette époque. Je dirais que nous avons affaire à une tuerie en masse qui se serait déroulée là il y a un siècle.

Piper garda le silence, un instant. Son humeur, pas particulièrement joyeuse, ne s'était pas arrangée avec les deux découvertes annoncées aux informations.

— Je suppose qu'il y avait déjà des tueurs en série à cette époque. Jack l'Eventreur, c'est ça ?

— Il y en a eu plusieurs. Lui, c'était le plus connu. Il y avait également H.H. Holmes à Chicago. Même John Wesley Hardin, le vieux cow-boy flingueur pourrait entrer dans cette définition. Mais…

— Mais ?

— Je ne sais pas. J'ai comme l'impression qu'il y a quelque chose d'inhumain derrière ce qu'on vient de voir à l'écran.

— Une mission pour les Charmed ?

— C'est bien possible. En tout cas, je pense que ça vaut la peine de creuser la question.

Super ! songea Piper. *Je suppose que mes sœurs et moi allons devoir coopérer, qu'on le veuille ou non. Et puis, je me demande comment Léo fait pour deviner ces trucs scabreux…*

Le *Livre des Ombres* était un ouvrage étrange et souvent frustrant. Pratiquement tout ce que les sœurs Halliwell devaient savoir pour mener leurs combats incessants contre les forces des ténèbres était inclus dans ses pages. Mais ce n'était jamais le même livre deux fois de suite et y trouver une information spécifique relevait du défi. Parfois, le grimoire s'ouvrait à la page nécessaire mais, à d'autres occasions, chercher une référence précise était aussi difficile que de trouver un nom prononçable dans *Guerre et Paix*.

Quand elle avait trouvé pour la première fois le lourd grimoire relié en cuir dans le grenier et lu les incantations qui devaient raviver le Pouvoir des Trois en elle et ses sœurs, Phoebe avait été carrément traumatisée. L'apparition inattendue du fantôme d'une aïeule, Melinda Warren, brûlée sur le bûcher des siècles plus tôt, n'avait fait qu'ajouter à sa frayeur. Mais depuis lors, ses sœurs et elle avaient pris de l'assurance dans leurs pouvoirs. Plus récemment, et plus particulièrement durant la sombre époque suivant le décès de Prue, Phoebe trouvait dans ce grenier et dans la présence de ce grimoire un certain réconfort. Bien que Paige soit maintenant devenue la cadette, aussi bien sur le plan chronologique que sur celui de son expérience en sorcellerie, Phoebe ressentait encore le besoin de s'imprégner de la présence de toutes les femmes Halliwell qui avaient vécu ici. Elle y retrouvait un sentiment de continuité. La lumière tamisée qui filtrait à travers les vitraux des fenêtres, l'énorme livre à la couverture familière et même les odeurs de moisi de tout le fatras qui s'entassait dans ce grenier lui apportaient un sentiment de bien-être.

En feuilletant le *Livre des Ombres*, Phoebe ne put trouver aucun élément concernant cette fameuse tante Agnès mentionnée dans la lettre. Le livre contenait essentiellement des sortilèges et des instructions sur diverses facettes de la sorcellerie. Les sœurs y avaient cependant trouvé quelques éléments d'information sur l'histoire de la famille quand elles en avaient eu besoin. Aujourd'hui, pourtant, Phoebe cherchait en vain. C'était comme si tante Agnès avait été gommée des pages de cet ouvrage.

Finalement, Phoebe dut se résoudre à réciter une incantation afin de faire apparaître quelques informations plus concrètes :

Vous, les pages de gauche
Et vous, les pages de droite
A *la lumière, je vous prie, ramenez*
De notre tante Agnès tout le passé.

Le *Livre des Ombres* scintilla un instant d'une lumière qui lui était propre, ses pages se mirent à tourner puis l'ouvrage resta ouvert à une page que Phoebe était certaine de ne pas avoir vue auparavant. C'était le journal d'une autre femme de la famille dont elle n'avait jamais entendu parler non plus : Philippa Halliwell. L'écriture avait un style suranné et difficile à déchiffrer comme l'avait été la lettre de tante Agnès. Phoebe s'appliqua et, vers le bas de la page, elle trouva les références qu'elle cherchait.

« Agnès est revenue à la maison. C'est la première fois depuis le jour où elle s'était retournée contre nous, disaient les gribouillis. Nous nous sommes montrés polis puisqu'elle faisait partie de la famille, mais sans plus. Elle a apporté la disgrâce sur la famille Halliwell, et nous sommes nombreux à ne pas vouloir le lui pardonner. Comme on fait son lit on se couche. Tant pis pour Agnès. Qu'elle y dorme bien ou mal ne nous regarde pas ».

Phoebe ferma le grimoire.

C'est tout ? songea-t-elle. *La seule référence à tante Agnès de ce livre magique se résume à ces broutilles parfaitement inutiles ? Quelle déception !*

Ainsi, la vieille Agnès était en bisbille avec le reste de la famille… C'était bon à savoir mais n'expliquait en rien la mise en garde qu'elle avait cachée à l'arrière de ce vieux meuble. Dans un certain sens, cela confortait même le point de vue de Piper. Cette Agnès était une fauteuse de trouble et ce message rien d'autre qu'une mauvaise plaisanterie. A moins qu'il ne soit lié aux circonstances qui avaient opposé la tante au reste de la famille, auquel cas tout ceci n'était qu'une vieille histoire, aujourd'hui.

Elle envisagea un instant d'invoquer Agnès elle-même, mais renonça finalement à cette idée. Si la querelle entre

Agnès et les autres Halliwell était sérieuse, elle risquait d'inviter la discorde au sein de sa propre famille.

Phoebe s'assit sur le plancher du grenier et se sentit seule, perdue. Il y avait eu une époque où Piper jouait la médiatrice, calmant les esprits quand Prue et elle se chamaillaient. Ce qui arrivait assez souvent, il fallait bien l'admettre. Mais aujourd'hui, c'était Piper qui faisait la mauvaise tête et comme Paige était au cœur de leur dispute, il ne lui restait pas d'autre sœur à qui parler. Cole s'était rangé à ses côtés, mais c'était inévitable. Il lui fallait quelqu'un de moins partial, mais qui ? Elle se retrouvait toute seule dans cette galère.

Au bureau des Services Sociaux, Bob Cowan, le patron de Paige, était d'une humeur massacrante. Certains jours, il ferait mieux de faire appel à une conseillère sociale pour des sessions du style « comment gérer sa colère en dix leçons » !

Peut-être faut-il être doté d'un caractère de cochon et d'une rancœur sans limite pour devenir un bon patron, se dit Paige. *Une bonne dose d'arrogance, de condescendance et d'autorité permet de traiter les gens comme des esclaves. Soumis à votre bon vouloir, ils voient en vous un être supérieur, un véritable guide, seul capable de les diriger.*

Du moins, c'est sans doute ce que devait penser M. Cowan qui semblait considérer son poste comme une espèce de charge féodale dont il serait le grand seigneur, seul responsable de son fief. Il jouerait parfaitement bien ce rôle, instaurant le gibet ou la guillotine comme formes légitimes de punition pour des fautes impardonnables telles des feuilles administratives mal remplies, des cartouches d'encre en panne sur l'imprimante ou, faute ultime, un manque de servilité en présence de sa Très Grande Seigneurie…

Paige se dit alors qu'elle avait peut-être poussé le

bouchon un peu trop loin en oubliant d'inscrire un certain rendez-vous. Cet oubli lui avait d'ailleurs valu les foudres du grand manitou car deux familles dans le besoin s'étaient retrouvées, en même temps, dans son auguste bureau pour soumettre leurs doléances.

Ce qui était incroyable avec M. Cowan, et qui poussait Paige à continuer à travailler pour lui au lieu de changer de carrière pour gagner un salaire décent, c'était qu'il était le seul à avoir l'intelligence et la force de venir en aide aux nécessiteux, quelles que soient leurs difficultés à surmonter. Il était parfois un véritable tyran, mais au service d'une cause en laquelle Paige croyait profondément. Parfois, les gens avaient juste besoin d'une main tendue, d'un petit coup de pouce dans la bonne direction pour reprendre pied. Ce n'était pas leur faute si la malchance avait croisé leur chemin ou s'ils ne se trouvaient pas sur la barque des nantis. Bob Cowan comprenait cela et combattait les injustices tous les jours. Même si Paige lui en voulait parfois, elle ne pouvait perdre cela de vue.

De toute façon, elle savait qu'aujourd'hui elle en voulait à ses propres sœurs et projetait son mécontentement sur tout le reste. Surtout sur Cowan. Elle ne comprenait pas ce qui s'était passé à la maison, ce matin-là, mais il était certain que cela la concernait. La manière dont Phoebe et Piper s'étaient montrées si artificiellement agréables avec elle, tout en s'envoyant des regards furibonds… *Si elles croient que je ne m'en apercevais pas…* Décidément, quelque chose préoccupait les sœurs Halliwell. Peut-être même Cole et Léo, puisqu'ils s'étaient à peine montrés, tous les deux. *Pourquoi ne viennent-ils pas simplement me dire ce qui ne va pas ?* se demanda-t-elle. *Ce n'est pas comme si j'étais difficile à approcher, non ?*

Non, ses sœurs n'hésitaient jamais à venir lui parler quand elle faisait quelque chose qui leur déplaisait.

Donc, cette fois-ci, ce n'était pas une petite bagatelle, mais quelque chose de bien plus sérieux, de bien plus troublant.

Raison de plus pour qu'elles viennent me voir rapidement pour résoudre le problème plutôt que de tourner autour du pot et de mettre tout le monde d'une humeur de chien.

Plus elle y pensait, plus sa propre humeur se détériorait. Elle attendait avec impatience la pause du déjeuner. Non pas tant pour faire les boutiques et dépenser des sous qu'elle n'avait pas, mais pour voir d'autres têtes et éventuellement s'énerver sur des étrangers plutôt que sur ses collègues de bureau.

Au point où elle en était, même cette petite satisfaction un peu mesquine lui convenait.

CHAPITRE 3

— Il faut que je le lui dise, Cole ! insista Phoebe.

Ils se trouvaient dans sa chambre, où elle avait rejoint son petit ami Cole, un ex-démon. Il était grand, brun et très mignon. Même si à une époque il avait eu le pouvoir de se transformer en Belthazor à tout moment pour tuer les sœurs Halliwell, Phoebe devait admettre que ce côté mauvais garçon avait le don de l'exciter. A condition qu'il n'en abuse pas, bien sûr.

— Lui dire quoi ? Je croyais que tu n'avais rien appris.

Il faisait les cent pas devant le lit où elle s'était assise.

— Presque rien, mais cela nous dit déjà quelque chose, non ? La vieille Agnès était si mal aimée par la famille qu'il ne reste pratiquement plus trace d'elle dans le *Livre des Ombres*. C'est déjà une information valable.

— Une *non-information* valable, plutôt, marmonna Cole. Ecoute, même si ce n'est qu'un détail, tu peux toujours en parler à Piper ! Mais ne sois pas surprise si elle ne se montre pas très convaincue.

— Piper n'est pas comme ça. Enfin, d'habitude… Aujourd'hui, j'ai l'impression que tout pourrait arriver.

Cole se contenta de hausser les épaules.

— Tiens ! s'écria Piper en riant. Tu vois bien !

Phoebe et Cole avaient trouvé Piper et Léo en bas, dans la cuisine, en train de parler de quelque chose qui semblait important mais qu'ils ne jugèrent pas utile de partager avec les autres. Phoebe leur avait raconté le peu qu'elle avait appris dans le *Livre des Ombres* : que la vieille tante Agnès avait réussi à s'aliéner tous les Halliwell et que le *Livre* ne contenait aucune trace d'un éventuel pardon. Phoebe lui avait même révélé combien il lui avait été difficile de trouver la moindre mention d'Agnès et qu'elle avait même dû faire appel à un peu de magie pour faire apparaître ces bribes d'informations.

Phoebe détestait le reconnaître, mais Cole avait visé juste au sujet de la réaction de Piper.

— Donc, je suppose que ça descend ta théorie en flammes, pas vrai ? triompha Piper. Si nous étions censées prendre au sérieux cette mise en garde, ne crois-tu pas qu'elle nous serait parvenue de quelqu'un de plus digne de confiance ?

— Nous ne savons pas si la vieille Agnès est, ou n'est pas, digne de confiance, répondit Phoebe en se rendant aussitôt compte de la légèreté de son argument.

— Non, parce qu'à l'époque toutes les Halliwell devaient être diaboliques et Agnès la moins atteinte de toutes. Ecoute, Phoebe, si la famille s'est retournée contre Agnès, c'est qu'elle avait dû faire quelque chose de mal. De vraiment mal. Et si cette Agnès est vraiment mauvaise, je ne vois pas comment on pourrait la croire quand elle dit que Paige prépare un vilain coup. Et nous ne savons même pas si la mise en garde concerne Paige !

Phoebe saisit une chaise, la retourna et s'assit dessus à califourchon.

— Je comprends ton point de vue, Piper. Vraiment. Tu sais que j'ai accepté Paige dans cette famille depuis le début, sans la moindre hésitation.

— Contre mon conseil, d'ailleurs ! rappela Cole.

— Il faut dire qu'à l'époque, tu n'étais pas une source très fiable de bons conseils, fit remarquer Léo.

Cole et Paige avaient en effet mis très longtemps pour s'accepter.

— Nous avons tous fini par accepter Paige, déclara Piper. Je ne crois donc pas que ce soit une bonne idée de ne plus l'accepter maintenant.

— C'est injuste ! protesta Phoebe. Tu sais très bien que ce n'est pas ce que je voulais dire. J'explique simplement que quelque chose m'a dit de regarder dans cette commode. Je l'ai fait et nous y avons trouvé une lettre. Ce genre de chose n'arrive pas sans qu'il y ait une bonne raison. Tu sais que ce n'est pas ainsi que ça fonctionne. Il faut simplement qu'on approfondisse les recherches, c'est tout.

— Super ! Tante Agnès est morte depuis… Je n'en sais rien, d'ailleurs, mais au moins depuis des dizaines d'années, n'est-ce pas ? Nous n'avions même jamais entendu parler d'elle et sans doute pour des raisons tout à fait légitimes. Pourquoi devrions-nous douter de notre propre sœur simplement pour un truc qu'elle a écrit et caché Dieu sait quand ? C'est de l'histoire ancienne, Phoebe. Laisse tomber !

Phoebe ressentit les paroles de Piper comme un poignard dans le cœur. C'était déjà difficile pour elle de suggérer que Paige puisse ne pas être entièrement digne de confiance. Elle culpabilisait terriblement de remettre le sujet sur le tapis. Mais plus Piper rejetait cette idée, plus elle trouvait qu'il fallait tout de même creuser la question. Paige n'était-elle pas apparue comme par miracle ? Sa sœur et elle l'avaient uniquement accueillie parce que Paige était leur demi-sœur. Peut-être celle-ci attendait-elle que Piper et Phoebe se sentent en parfaite sécurité dans le Pouvoir des Trois, afin de les manipuler les unes contre les autres un peu plus tard ?

— Piper a raison, Phoebe, ajouta Léo avec assurance. Je ne crois pas que Paige soit autre chose que ce qu'elle prétend. Elle est la fille que votre mère a eue avec un Etre de Lumière. Ça, je peux le voir en elle.

— Ce qui ne veut pas dire qu'elle est digne de confiance. A une certaine époque, tu ne pouvais pas voir le démon en moi, lui rappela Cole.

— C'est peut-être parce que je ne le voulais pas, rétorqua sèchement Léo, parce que je préférais me fier aux impressions de Piper et de ses sœurs.

— Et tu ne ferais plus ça maintenant ? demanda Cole.

Léo quitta la table de la cuisine, une expression sombre sur le visage. Phoebe connaissait Cole et son passé de démon lui avait laissé un air taciturne, alors que Léo était plutôt du style boute-en-train.

— J'ai toujours confiance en Piper et en Phoebe, j'ai simplement un peu de mal avec la dernière.

— Il se peut que tu mettes ta confiance en celles que tu aimes le plus au lieu de te baser sur des preuves, dit Cole.

Il arpentait la cuisine comme il devait le faire dans sa vie antérieure, au tribunal.

— En tant qu'avocat général, il fallait que je me méfie de cela tout le temps. Les avocats des accusés ont tendance à se montrer plus aimables que ceux de la défense afin de ranger plus facilement le jury de leur côté. Mais cela pourrait être très important, Léo. Très très important. Il faut que tu oublies tes a priori et que tu ne considères que les faits.

— Les faits ? Mais Phoebe et toi, vous n'en avez aucun.

— C'est faux ! s'écria Phoebe en tapant sur la table. J'ai eu une prémonition, d'accord ? protesta-t-elle en ravalant ses larmes de frustration. Cette prémonition m'a dirigée vers cette commode que nous avons tous vue des centaines de fois sans lui prêter la moindre attention. Et c'était une vision tellement puissante que je ne pouvais pas l'ignorer. J'ai réveillé Cole et nous sommes montés au grenier pour la démonter sans attendre.

— Je sais, répondit Piper. Je me souviens avoir perdu le sommeil à cause de tout le raffut que vous avez fait. Mais ce n'était pas une prémonition, comme tu l'as dit toi-même, sur le moment. C'était un rêve.

— Peu importe ! Moi aussi, j'aime dormir la nuit. Tu crois que je sortirais de mon lit si je n'étais pas convaincue qu'il est vital que je le fasse ?

— Probablement pas, concéda Piper.

— Certainement pas ! Et la lettre s'y trouvait, bien réelle. Elle est toujours dans ma chambre et tu peux la lire, si tu veux. Tante Agnès a réellement existé, même si elle n'était pas très appréciée. Donc, l'éventualité que Paige puisse ne pas être aussi digne de confiance qu'on le pense est, elle aussi, réelle !

— Bien vu ! lui dit Cole en considérant Léo et Piper qui semblaient quelque peu secoués. Alors ? Quel est le verdict du jury ?

Piper allait répondre, mais Léo la prit par l'épaule et parla à sa place :

— Le jury se met en délibération. Vous êtes arrivés à l'instant où on se préparait à partir. Impossible d'attendre plus longtemps, nous avons un impératif. On pourra reprendre cette discussion un peu plus tard.

Avant que Cole et Phoebe ne puissent protester, une colonne de lumière se mit à scintiller et Léo et Piper disparurent, téléportés par le pouvoir d'Etre de Lumière de Léo.

— C'est moyennement poli, ça ! dit simplement Phoebe.

Cole se contenta de grommeler et se rassit à la table en se frottant les poings, comme s'il se retenait de frapper quelque chose.

Ce qui est sans doute le cas, pensa Phoebe.

*
* *

Piper et Léo apparurent juste à l'extérieur de l'immeuble centenaire qui avait fait la une du journal télévisé. Le vieux bâtiment était entouré de piquets reliés par cette bande jaune dont se sert la police pour maintenir les curieux à distance. Divers véhicules officiels étaient garés plus loin, essentiellement ceux de la police, d'ailleurs. Quelques agents en uniforme avaient l'air de s'ennuyer ferme et bavardaient ou restaient les bras croisés, le regard perdu au loin. Piper jeta un coup d'œil rapide sur leurs visages, sachant que si l'un d'entre eux les avait vus arriver par téléportation, cela se remarquerait à son expression. Mais rien ne semblait les inquiéter et c'était très bien ainsi. Léo détenait le pouvoir d'effacer les souvenirs, mais celui-ci était difficile à maîtriser et il y avait des risques que les gens oublient du même coup des faits bien plus importants, comme l'anniversaire de leur épouse ou même leur propre nom.

Piper regrettait un peu d'avoir dû partir sans dire à Phoebe où ils se rendaient et pourquoi. Mais pour l'instant, ils ignoraient si ce qui se passait sur ces lieux avait un caractère surnaturel ou non. Ils ne disposaient que de l'intuition de Léo, et même lui n'était sûr de rien. Etant donné ce que ses sœurs et elle ressentaient l'une pour l'autre en ce moment, elle se voyait mal leur parler de tout cela avant de savoir ce qui se passait vraiment.

L'immeuble de trois étages était construit en granite rouge. Quelques boutiques occupaient le rez-de-chaussée et les étages étaient aménagés en appartements. L'immeuble voisin était cerné d'échafaudages et les ouvriers avaient commencé à poncer la peinture sur la façade en bois.

Piper fit une grimace en remarquant un cortège de

sacs mortuaires que l'on sortait de l'immeuble en pierre pour les transporter vers les camionnettes de la police garées juste devant.

— On l'appelle la Villa Gates, dit une voix derrière eux.

Ils se retournèrent pour voir Darryl Morris, un détective du SFPD, le Département de la Police de San Francisco, et l'un des rares mortels qui savait que les sœurs Halliwell étaient des sorcières. Piper l'avait toujours trouvé bel homme et sa chemise bleu azur mettait joliment en valeur son teint d'un noir profond. Le pantalon de son costume était taché de boue jusqu'aux genoux. Il avait mal choisi son jour pour faire des élégances et il aurait été plus à l'aise en jean et en bottes comme les ouvriers qui portaient les restes humains sur des civières.

— Le nom vient d'Herman Gates, continua-t-il. C'était un entrepreneur du XIXe siècle. Aucune relation avec Bill, rassurez-vous. Il a construit cet immeuble en 1884, pour y installer une espèce de clinique médicale avec une pharmacie, et quelques appartements aux étages. Il habitait dans l'une des ailes et louait tout le reste. C'est le genre de projet qui enrichit certains et laisse les autres dans la misère. Cet immeuble-là est l'un des plus anciens dans son genre à San Francisco et celui qui a le mieux résisté au tremblement de terre de 1906.

Chaque habitant était au courant de cette terrible catastrophe qui avait comme labouré de larges parties de la ville, provoquant des incendies impossibles à éteindre parce que les canalisations d'eau avaient été détruites. Même si la ville existait déjà depuis le milieu du XIXe siècle, la plupart des constructions dataient d'après 1906.

— Ça m'a l'air plutôt lugubre, commenta Piper.

— Constat surprenant, venant d'une femme qui habite dans une maison de sorcières… ironisa Darryl.

— Une maison de gentilles sorcières, précisa Piper en souriant.

— Les meilleures, renchérit Léo.

Elle s'approcha de lui et reconnut avec plaisir son parfum.

— Merci, mon chou.

— Alors ? Est-ce l'intérêt professionnel qui vous amène ici ou juste une curiosité morbide ? demanda Darryl.

— Je crois que nous brassons suffisamment de « morbide » avec la vie que nous menons tous les jours pour ne pas avoir besoin d'en rajouter pour le plaisir, rétorqua Piper en haussant les épaules.

— Une simple intuition, ajouta Léo. Quelque chose m'a semblé louche quand on a vu le reportage à la télé.

— Vous voulez faire un tour ? proposa Darryl.

C'était exactement ce que Piper espérait.

— C'est possible, Darryl ?

— Je pense qu'il y a tellement de gens qui travaillent sur ce site que personne ne vous remarquera, surtout si vous êtes avec moi. Venez.

Darryl souleva le ruban jaune et ils se glissèrent de l'autre côté.

Quand Léo reprit la parole alors qu'ils attendaient que des ouvriers portant d'autres dépouilles sortent de l'immeuble, sa voix était basse et solennelle.

— Que s'est-il passé ici, Darryl ?

Darryl désigna l'immeuble voisin d'un geste de la tête.

— Des rénovations. La maison a été repeinte tellement de fois qu'en grattant, on a l'impression de retrouver toutes les couleurs de l'arc-en-ciel. La semaine dernière, les plombiers ont travaillé sur la tuyauterie qui était sans doute d'époque. L'eau a coulé vers le bas de la pente, dans l'immeuble de Gates qui est classé monument historique.

Quand le passage fut enfin libre, Darryl les entraîna à l'intérieur. Les grandes portes s'ouvraient sur une entrée plutôt étroite par rapport à la taille de l'immeuble. Mais, comme l'avait expliqué Darryl, celui-ci était destiné à un usage locatif et M. Gates n'avait sans doute pas voulu gâcher de l'espace avec un immense hall d'entrée.

— Quand Gates est mort en 1897, l'aile qu'il occupait avait été divisée en appartements, y compris le sous-sol. Originaire du Midwest, il craignait davantage les tornades que les tremblements de terre et le sous-sol était, selon lui, un des endroits les plus sûrs. Comme il n'avait laissé ni héritiers ni testament, la ville a fini par prendre possession de la propriété. Elle n'avait pas l'utilité d'une grosse maison dans ce quartier, mais un immeuble de logements sociaux est toujours le bienvenu. Ils l'ont donc transformé en optimisant la surface.

— Et l'eau a donc coulé vers le point le plus bas… conclut Léo quand ils s'enfoncèrent dans l'obscurité humide de l'intérieur.

— C'est-à-dire dans le sous-sol, ajouta Darryl en suivant le raisonnement de Léo. Un sous-sol où n'était prévu aucun écoulement.

— Ça a dû provoquer un sacré bazar ! dit Piper.

— Attendez, il y a pire, continua Darryl en les entraînant vers une petite porte qui conduisait vers un escalier. Le sol, en bas, était simplement une dalle de ciment mal posée, avec des failles. De l'eau a coulé dans ces failles. Le gardien s'était dit avec désespoir qu'il n'avait plus qu'à aspirer cette fichue flotte et nettoyer tout ça. Mais quand il a descendu son équipement, l'eau avait disparu. Ce qui voulait dire qu'elle s'était écoulée sous la dalle.

Ils commencèrent à descendre l'escalier étroit. Une rampe de bois courait le long du mur et quelques ampoules nues, pendues à des fils, apportaient une lumière glauque. Une puanteur assez suave les accueillit quelques marches plus bas.

— Pouah ! pensa Piper. C'est vraiment écœurant.

— Et le gardien s'est donc demandé ce qu'il y avait sous la dalle, c'est ça ? demanda Léo, éternel bricoleur.

— Il a glissé ses doigts dans une des fissures et a tiré. Une plaque de ciment s'est soulevée sans la moindre difficulté. Le béton avait simplement été coulé sur la terre battue. Comme l'eau avait ramolli la terre et soulevé le ciment, le brave type a facilement pu en retirer tous les morceaux. C'est alors qu'il a découvert les os.

— On savait qu'il y avait une histoire d'os, dit Piper. Ils en ont parlé à la télé.

Darryl posa les pieds sur le sol encore sec sur une cinquantaine de centimètres et montra du doigt quelque chose que Piper ne pouvait pas encore bien voir. Elle descendit les dernières marches et se pencha vers le trou qui avait été creusé.

Et regretta immédiatement de l'avoir fait.

Comme l'avait expliqué Darryl, le béton s'était détaché en morceaux relativement petits qui avaient été empilés le long du mur. Le reste était de la terre, qui avait sans doute été déplacée par l'eau, mais aussi par les ouvriers avec des pelles, des truelles et des pinceaux, toujours éparpillés autour de la fosse. Les hommes, tout comme les femmes, portaient des combinaisons et des masques qui les protégeaient des éventuels gaz ou microbes qui pouvaient circuler dans ce lieu confiné et humide.

Je ne peux pas en dire autant pour nous, pensa Piper. *Nous sommes descendus ici en vêtements de ville et qui sait ce que nous sommes en train d'inspirer !*

Accroupis ou à quatre pattes, les membres de l'équipe grattaient la terre avec précaution, avançant millimètre par millimètre, jusqu'à ce que ces os affleurent. Piper pouvait voir des ossements jaillir de la terre pratiquement partout où elle posait les yeux. Ils n'étaient pas blancs, comme les spécimens exposés dans le cabinet des médecins, mais avaient pris la teinte brunâtre de la terre, et avaient ainsi l'air incroyablement anciens.

Et humains. Indéniablement humains.

— Darryl, dit-elle. Combien…

— Nous sommes actuellement à quarante-six et ce n'est pas fini, répondit Darryl. Nous nous assurons d'avoir assez d'éléments chaque fois pour conclure qu'il s'agit bien d'une victime supplémentaire.

— Victime ? demanda Léo. C'est pas un peu tôt pour le dire ?

— Ce n'est pas un cimetière officiellement enregistré. Personne n'a pu légalement enterrer cinquante personnes là-dessous. Ceci est la scène d'un crime ou du moins un endroit où des meurtres ont été cachés. Par enterrement. Nous avons bien affaire à des victimes.

— Savez-vous de quand ils datent ? demanda Piper.

— Nous continuons les tests, mais nous pensons qu'il s'agit du tout début du XXe siècle, vers 1904, 1905.

Piper remarqua que Léo était presque entré dans une espèce de transe. Il fixait la terre brune et les ossements et les gens qui continuaient à creuser, mais ses yeux étaient dans le vague, comme s'ils voyaient carrément à travers eux ou autre chose, quelque chose que Piper n'avait aucun espoir de saisir.

— Léo ? demanda-t-elle.

Il cligna des yeux et remua la tête, comme s'il venait de se réveiller.

— Désolé.

— Qu'y a-t-il ?

— Tu sais, cette impression qu'il y avait quelque chose de pas tout à fait naturel avec ça ?

— Et ?

— Ça me revient. De manière très intense.

Darryl se tourna vers eux et parla à voix basse, afin de ne pas être entendu.

— Si vous croyez tous les deux qu'il y a quelque chose de surnaturel dans cette histoire, allez-y, essayez de trouver. Mais pas ici. Vous ne pouvez pas rester là sans moi et je dois partir. Si vous trouvez quelque chose, prévenez-moi avant de faire quoi que ce soit. J'insiste. Prévenez-moi *avant* !

— Compris, Darryl, répondit Piper. Ne vous inquiètez pas.

— Il y a toujours des inquiétudes à avoir quand il s'agit des Charmed, rétorqua Darryl. Mais pour l'instant, j'ai d'autres chats à fouetter.

— Plus grave que ça ? lui demanda-t-elle.

— Plus urgent. Ces meurtres sont arrivés il y a plus d'un siècle. Mais hier soir j'ai été mis sur une affaire qui concerne un meurtre qui s'est déroulé… hier soir. Le troisième d'une série.

Piper se dit qu'il devait faire référence à celui dont ils avaient entendu parler le matin, à la télévision. Les trois femmes qui avaient « probablement » été assassinées.

— Et ce meurtre-ci ? A quoi ressemblait-il ? demanda-t-il, sans mentionner qu'ils l'avaient également vu aux informations, en même temps que le reste.

— Pas de mobile apparent, une victime sans doute prise au hasard, un crime impulsif. Une jeune femme poignardée à mort en se rendant à son travail, dans un restaurant. Pas de vol, pas de témoin. Elle n'avait ni ex-jules en colère ni jules jaloux. Pas d'ennemis du tout, d'après ce que nous savons. Mais quelqu'un l'a sauvagement tuée dans la rue. Des coups de couteau multiples. Nous n'avons pas trouvé l'arme du crime et nous sommes pour l'instant incapables d'identifier le criminel. Pas de marques, pas d'empreintes digitales, rien de particulier sur le lieu du crime, si ce n'est que la victime était mouillée par endroits.

— C'est sans doute parce qu'il y avait du brouillard, hier soir, n'est-ce pas ?

— Non, elle était carrément trempée par endroits, comme si on l'avait éclaboussée. De grosses taches d'humidité sur son col, sur son épaule, sur sa manche.

— Ça n'a pas de sens, dit Léo.

— Exactement. Et c'est pourquoi je dois partir maintenant. Ici, c'est un crime horrible, mais il remonte à longtemps. On pense que celui qui a commis celui d'hier soir et les autres ne fait que commencer.

Le manoir était désert quand ils revinrent un peu plus tard, ce qui soulagea Piper. Après la matinée morose, elle ne voulait surtout plus risquer une autre dispute avec sa sœur au sujet de cette stupide lettre de tante Agnès. Léo et elle se laissèrent tomber dans le canapé où le matin même ils avaient entendu parler, à la télévision, de l'histoire des cadavres et des meurtres en série. Presque une éternité, déjà.

— Tu penses ce que je pense ? demanda Léo.

— Presque jamais, sauf quand on est tous les deux d'humeur à batifoler. Si c'est ton cas, non, merci ! Pas après ce qu'on vient de voir !

— Pas du tout, si ça peut te soulager. Je me demandais seulement s'il y avait plus que de la coïncidence, dans ces histoires.

Piper ne suivait pas son raisonnement.

— Comment ça ?

— Les dizaines de cadavres à la Villa Gates, répondit-il et l'affaire que Darryl est en train de traiter. Ce meurtre d'hier soir et les deux autres qui l'ont précédé.

— Je ne pense pas. Les meurtres ne sont jamais très ragoûtants, mais certains sont plus surnaturels que d'autres, tu sais. Ces trois derniers me semblent être des meurtres tout à fait ordinaires.

— Je ne suis pas d'accord. Qu'a dit Darryl ? Pas de mobiles, pas de témoin. Ils ignorent même de quelle arme il s'agit. Ils savent juste que c'est quelque chose que quelqu'un a utilisé pour la poignarder à plusieurs reprises.

— Et qu'est-ce qui rend tout ça surnaturel ?

— Les policiers sont plutôt efficaces de nos jours pour rassembler des indices, dit Léo, les yeux de nouveau dans le vague, comme s'il visualisait la scène tout en en parlant. Il devrait y avoir quelque chose… Si la victime a essayé de se débattre, peut-être un peu de peau de l'assassin sous ses ongles, je ne sais pas… S'il l'a tenue en la poignardant, ce qui est pratiquement nécessaire pour retirer l'arme avant de l'enfoncer encore et encore, il devrait y avoir des traces, des cheveux, de la sueur, une forme quelconque d'ADN, non ? Comme il n'y a pas eu de témoin, cela a dû se passer très rapidement. Le tueur se serait sauvé immédiatement, sans prendre le temps de ramasser les indices à la pincette pour ne pas laisser de trace. Et si c'est bizarre que ce soit arrivé une fois, c'est encore beaucoup plus bizarre que cela se soit reproduit trois fois à la suite.

Piper avait l'impression que tout le monde essayait de l'entraîner dans des affaires qui ne la concernaient pas vraiment : Phoebe avec sa lettre de tante Agnès et maintenant l'intuition de Léo. Mais la piste semblait intéressante et la curiosité commençait à la tarauder.

— Darryl a pourtant dit que les meurtres de la Villa Gates avaient eu lieu il y a près d'un siècle. Comment est-ce que ça pourrait être lié à ces crimes qui se sont déroulés cette semaine ?

Il hocha la tête, l'air toujours distrait.

— Je sais. Je ne dis pas qu'ils sont forcément connectés. Je me demande seulement : et s'ils l'étaient ?

J'ai l'impression qu'il y a une composante surnaturelle dans le massacre de la Villa Gates, et qu'il pourrait également y en avoir une dans ces meurtres récents.

Piper en avait par-dessus la tête de ces histoires macabres, mais elle ne pouvait pas se dérober.

— Si ces affaires sont liées, je pense que le Pouvoir des Trois devrait y mettre son nez.

— J'en ai comme l'impression.

— Nous pourrions peut-être trouver l'assassin, suggéra Piper. Si j'allais faire une localisation ?

Ils ramassèrent le journal dans la cuisine et montèrent au grenier et Piper étala la carte de San Francisco qu'ils réservaient à cette activité. Tenant un pendule de cristal au-dessus du centre de la carte, elle se concentra, essayant de vider son esprit, gardant uniquement en tête une vision de la scène du crime telle que Darryl l'avait décrite, avec quelques détails géographiques qu'elle avait pris dans la brève du journal. L'article avait été très court, juste un entrefilet dans les faits divers, mais il y avait une adresse et une petite photo de la dernière victime, Julia Tilton.

J'espère, pensa-t-elle, *que c'est tout ce dont j'aurai besoin pour mettre la main sur ce type*. Elle savait qu'il n'y avait aucune garantie, surtout sans connaître l'aspect physique du meurtrier. Mais comme l'avait si bien dit Léo, la police n'avait aucun indice, aucun élément sur l'agresseur. Il fallait donc qu'elle se contente des rares informations qu'elle détenait.

Elle se concentra, envoyant son énergie mentale à travers le cristal. Elle pouvait presque voir la scène, la rue en pente, les immeubles sombres, la panique de la fille en retard pour son travail, le brouillard…

La cordelette se tendit et le cristal commença à se mouvoir.

— J'ai quelque chose, murmura-t-elle.

A ses côtés, elle sentait la présence de Léo qui la regardait.

Le cristal s'orienta vers l'Embarcadero.

— On dirait que ça s'est passé entre Battery et Lombard, dit-elle, très excitée.

Mais soudain le cristal s'arrêta au-dessus du Golden Gate Park.

— Non, attends… Le parc.

Puis il recommença à bouger, vers Nob Hill, s'y immobilisa un instant puis, une fois de plus, s'orienta vers Western Addition, puis revint jusqu'à Russian Hill.

— Cela ne tient pas debout ! souffla Piper, frustrée. C'est comme s'il se braquait sur quelque chose, mais quelque chose qui est partout à la fois.

— Ou incroyablement rapide, dit Léo.

— C'est ça ! rétorqua Piper non sans une pointe de sarcasme. On recherche Speedy Gonzales, le souriceau le plus rapide du monde. Ça n'a rien de surnaturel, c'est juste une souris de dessin animé.

Elle reposa le cristal inutile.

— Ça ne marche pas. Si le pendule a vraiment trouvé quelqu'un, ce quelqu'un est dans toute la ville.

Elle se leva, terriblement déçue. Léo la prit dans ses bras.

Voilà qui était déjà beaucoup mieux !

Et dehors, le brouillard se posait une fois de plus sur la ville…

CHAPITRE 4

Union Square était aussi encombré que d'habitude. Même par cette froide journée de brouillard, la place était noire de monde. Les touristes levaient tous le nez vers le Memorial Tower, monument sans doute dédié à l'amiral Dewey pour commémorer un acte de bravoure dont tout le monde semblait avoir oublié la nature exacte. Des musiciens des rues se rassemblaient sur les trottoirs, un mime agaçait les passants en les imitant. En face, la rue devant le St. Francis Hotel était prise d'assaut par les taxis et, au-dessus de l'imposante porte d'entrée de l'hôtel, les drapeaux pendouillaient tristement au lieu de flotter dans le vent. Les piétons engorgeaient les trottoirs tout autour de la place, et sortaient des grands magasins de Macy's ou Neiman Marcus les bras chargés de paquets. Ils ne boudaient pas pour autant les nombreuses boutiques de luxe, comme Gucci et Armani, qui longeaient les rues. L'air était saturé d'odeurs qui, selon Paige, caractérisaient cette ville : gaz d'échappement et tabac, relents de mets exotiques et de café émanant des nombreux restaurants, venant se mélanger aux parfums et aux diverses eaux de Cologne. C'était vraiment une ville internationale et Paige avait le sentiment d'être entourée de toutes les races de la planète.

Elle resserra son gros gilet de laine autour de son corps pour se protéger du froid et regretta de ne pas avoir enfilé une jupe plus longue ou même un pantalon.

C'est alors que, dans le reflet d'une vitrine, elle surprit un beau garçon en train d'admirer ses jambes. Elle se souvint alors pourquoi elle aimait porter des jupes courtes. *Si on a de jolies gambettes, autant les montrer*, se dit-elle.

Chez Macy's, c'était le capharnaüm. Malheureusement. Les soldes avaient attiré une foule incroyable qui se piétinait et se bousculait sans autre forme de procès. Il n'y avait qu'à l'occasion des fêtes de fin d'année qu'une telle marée humaine se présentait aux portes et le magasin devait à cette occasion contenir plus d'êtres humains que le Liechtenstein. Elle n'y faisait pas souvent ses courses car les prix y étaient exorbitants. En revanche, elle y avait repéré de petites bottes pointues qui la faisaient littéralement craquer. Mais en arrivant devant l'objet de ses désirs, les prix étaient encore tellement affolants qu'elle dut y renoncer. Curicusement, même après avoir aménagé avec Piper et Phoebe dans le manoir que Granny leur avait laissé, Paige ne parvenait pas à mettre un sou de côté à la fin du mois.

Déçue, elle avait fini par abandonner tout désir de shopping et était descendue au sous-sol pour y prendre rapidement une salade avant d'attraper le tramway qui longeait Powell Avenue.

Le carrefour de Powell et O'Farrell était bien entendu complètement bouché. Les gens jaillissaient de partout, la bousculaient, s'excusaient, puis changeaient de direction à la dernière minute ou repartaient en grommelant un chapelet de noms d'oiseaux. Résignée, Paige attendait un peu en retrait et ne pouvait s'empêcher de sourire en observant le genre humain dans une telle effervescence. Elle savait qu'attraper le tram ne serait pas facile. Dès la première station, il y avait de grandes files d'attente et quand il parvenait au second arrêt, les sièges étaient déjà pratiquement tous occupés. Elle aurait pu marcher un peu et attraper un bus, mais elle préférait tenter sa chance avec le tram. C'était beaucoup plus amusant et plus rapide si elle parvenait à y monter tout de suite.

Contournant une aveugle avec une canne blanche et de superbes cheveux argentés, Paige remarqua une autre femme au coin de la rue, en train de parler dans un téléphone mobile. Un petit garçon tirait sur son bras et tenait dans son autre main une petite balle rouge qu'il faisait rebondir sur le trottoir. Il ne devait pas avoir plus de trois ans, et des boucles blondes encadraient un visage malicieux où des yeux bleus pétillaient de joie. *J'espère que tu choisiras le camp des gentils quand tu seras grand*, souhaita-t-elle en le regardant.

A cet instant, il jeta la balle, mais ne put la rattraper. Elle rebondit sur le genou d'un passant, ricocha contre le mur et roula bien plus loin. Le gamin lâcha la main de sa mère pour lui courir après.

La mère en question ne sembla pas remarquer que son enfant avait disparu. Elle continuait à bavarder, changeant l'appareil de main et d'oreille sans même se rendre compte que le gamin ne la tenait plus. Paige s'élança aussitôt pour surveiller l'enfant. Il avançait en hésitant vers la balle, apparemment assez grand pour marcher, mais pas suffisamment mûr pour faire attention aux voitures et aux piétons pressés. La balle continuait à rouler vers le bas de la pente. S'il ne parvenait pas à la rattraper avant le carrefour avec Ellis Street, ce gamin ne fêterait jamais son quatrième anniversaire.

Elle jeta rapidement un coup d'œil autour d'elle pour s'assurer que personne ne pouvait la voir. Jusque-là, la petite mésaventure du petit garçon était passée inaperçue. Tous étaient bien trop occupés à courir dans tous les sens pour s'intéresser à cette scène qui se passait à la hauteur de leurs genoux. Satisfaite de ne pas être observée, Paige se servit de son pouvoir de télékinésie pour ramener la balle jusque dans la main du garçon. Il la regardait venir à lui, ravi, sans même se poser de question. Un sourire éblouissant illumina son visage, il éclata de rire et remonta la pente vers sa mère. Quand il arriva, le feu sur O'Farrell changea et la femme reprit la main du gamin pour traverser la place. Elle ne saurait jamais qu'il s'était un instant échappé.

Je ne suis pas très contente de moi, pensa Paige. *J'aurais aimé trouver une manière de faire savoir à cette tête de linotte qu'elle avait failli provoquer une catastrophe par pure négligence*. Mais elle n'eut aucune inspiration. Comment le dire à cette femme sans révéler ses pouvoirs ? Le plus important était d'avoir protégé le garçon. Peut-être aura-t-il appris quelque chose, même si sa mère ne l'a pas fait ?

Paige se tourna pour admirer une vitrine quand elle remarqua le reflet d'un jeune homme sortant du brouillard et s'approchant d'elle avec un sourire amical sur les lèvres. Et quelles lèvres ! Elle tourna la tête pour mieux le voir. Il avait un visage absolument superbe. Ses yeux brillants étaient gris, presque de la même couleur que le brouillard. Il avait une mâchoire carrée et un menton décidé, sa bouche s'étirait en un sourire à la fois provocant et désarmant. Une silhouette élancée, des cheveux blonds coiffés en hérisson et une musculature déliée soulignée par des vêtements gris tourterelle parfaitement coupés, qui lui donnaient une allure tout simplement époustouflante.

Et il se dirige droit sur moi ! pensa-t-elle, tout émoustillée.

Elle essayait encore de se convaincre qu'elle s'était trompée quand il s'arrêta juste en face d'elle :

— C'était génial, ce que vous avez fait ! dit-il.

Elle préféra jouer les ingénues.

— Ce que j'ai fait ? Que voulez-vous dire ?

— Le gamin, la balle, votre geste héroïque. Je suis vraiment épaté !

— Je regrette, mais je ne sais pas de quoi vous parlez, mentit-elle.

— Ne vous en faites pas, répondit-il sans cesser de sourire. J'en suis un aussi.

— Un quoi ?

Il se pencha vers elle et murmura :

— Un sorcier.

— C'est vrai ? demanda-t-elle, troublée.

Puis, se reprenant, elle ajouta :

— Je ne savais pas qu'il y avait de vrais sorciers.

— Bien sûr que si ! Je m'appelle Timothy.

Elle pensa qu'il tendrait la main mais il se contenta de fourrer ses deux mains dans les poches arrière de son jean et pencha son torse en avant, comme pour une espèce de demi-révérence.

— Et je suis un sorcier, ajouta-t-il avec un sourire espiègle.

— Je m'appelle Paige. Paige Matthews.

— Et vous êtes une sorcière.

— A vous entendre, on dirait un programme du style « comment faire connaissance en douze leçons », dit-elle en riant nerveusement. En tout cas, je ne suis pas une sorcière.

— Paige, j'ai vu ce que vous avez fait, protesta-t-il en mimant les gestes qu'elle avait eus quelques minutes plus tôt. C'était génial !

— Mais…

— Vous pouvez l'admettre devant moi. Ce n'est pas comme si la sorcellerie était un grand secret entre sorciers et sorcières, n'est-ce pas ?

Le tram arriva à cet instant et Paige espéra pouvoir se débarrasser de cette discussion embarrassante avec ce garçon vraiment *très* attirant. Mais les wagons étaient pleins et il ne ralentit même pas devant la station.

— Ecoutez, il y a un petit café juste là, proposa

Timothy. Prenons une table en terrasse et bavardons un peu de tout ça.

— De quoi ? demanda Paige en jouant de nouveau l'idiote.

Il se contenta de tirer une chaise derrière elle pour la forcer à s'asseoir.

— Il faut vraiment que je retourne travailler, protesta-t-elle.

— Cela ne prendra que quelques minutes, insista Timothy. Vous avez de toute façon loupé le tram.

— Je peux toujours prendre le bus.

— Il y en aura un autre dans dix minutes. Vous ne serez pas si en retard que ça.

Elle n'en revenait pas de se donner autant de mal pour se débarrasser de ce type. Il était beau comme un dieu et en d'autres circonstances elle aurait fait des pieds et des mains pour seulement l'approcher. Mais le fait qu'il sache qu'elle était une sorcière la paniquait plus qu'elle ne l'aurait pensé. *N'espérais-tu pas justement rencontrer quelqu'un qui te comprenne ?* se demanda-t-elle. *Et si c'était lui ?*

Mais au lieu d'être attirée vers lui, elle voulait simplement s'enfuir.

Pourtant, elle ne s'enfuit pas. Il disparut dans le café un instant et elle resta assise, à observer la parade de silhouettes longeant le trottoir, traversant le brouillard qui s'accrochait à eux comme des filaments d'épaisses toiles d'araignée. Même le fait qu'il y ait une table de libre semblait plus qu'une simple coïncidence, l'élément d'une conspiration, un filet préparé pour la piéger. Mais n'avait-elle pas envie d'être piégée ?

Un moment plus tard, il revint à côté de la table. Elle ne l'avait même pas entendu approcher et ses mains étaient vides. Il avait l'air très embarrassé.

— Euh… j'avais complètement oublié, quand je vous ai invitée à prendre un café… Mais je suis parti de chez moi sans prendre mon portefeuille, ce matin. Je suis financièrement humilié, ajouta-t-il en tapotant ses poches comme pour prouver sa bonne foi.

— Pas de problème, je peux vous inviter, pour cette fois.

Elle se leva et il s'installa sur la chaise en face d'elle.

— Je nous garde la table, dit-il.

Elle jeta un dernier regard en arrière avant de passer la porte. A l'intérieur, elle fut accueillie par quelques notes de jazz et un délicieux arôme de café et de thé à la cannelle. Il y avait un monde fou, avec des familles installées autour de tables rondes, plongées dans de grandes conversations, mais aussi des solitaires, des accros à la caféine, en tain de feuilleter le *Chronicle*, et des couples perdus dans leur bulle de bonheur. Paige commença à faire la queue et se rendit compte qu'elle n'avait même pas demandé à Timothy ce qu'il désirait.

Eh bien, lui non plus ne m'a pas posé la question, pensa-t-elle. *Alors je suppose qu'il prendra simplement ce que je lui donnerai et trouvera ça parfait.*

Quelques minutes plus tard, elle retourna à la table, un cappuccino dans chaque main. Elle les posa et s'installa.

— Parfait, déclara Timothy avec un sourire craquant. Merci. Je suis vraiment désolé.

— Pas de problème, vraiment. C'est juste une tasse de café.

— Une tasse de café et un principe. Si je vous invite à prendre quelque chose, je devrais être capable de vous l'offrir.

Paige prit une gorgée de la boisson brûlante, pressée de changer de sujet de conversation pour qu'il cesse de s'excuser pour si peu.

— Ainsi vous êtes un sorcier ? demanda-t-elle.

Il sourit et leva les mains, soulevant à distance la tasse à quelques centimètres de la table avant de la reposer avec douceur.

— Je me débrouille, expliqua-t-il. Quand j'ai vu le gamin perdre sa balle, j'étais prêt à tenter quelque chose, mais votre intervention a été du tonnerre !

— Qu'est-ce que vous auriez fait ?

— Je cherchais un sortilège qui permette d'arrêter la balle. Alors le gamin aurait pu la rattraper, sinon je l'aurais prise et la lui aurais donnée.

— C'était une très bonne idée.

— Mais pas aussi élégante que la vôtre. Excellente réaction, ajouta-t-il en souriant. Vous devez détenir de grands pouvoirs.

Paige se souvint de ce qu'on lui avait dit sur le Pouvoir des Trois. Les Charmed étaient, d'après le *Livre des Ombres*, les sorcières les plus puissantes de tous les temps. A condition qu'elles soient ensemble toutes les trois, bien sûr. Si quelque chose arrivait à l'une d'entre elles, elles perdraient lc Pouvoir des Trois et seraient sérieusement handicapées. C'est pourquoi elles devaient rester sur leurs gardes en permanence, parce qu'il y avait de nombreux sorciers et démons qui ne rêvaient que d'une chose : au moins en enlever une des trois, afin d'affaiblir leur pouvoir. C'était aussi pourquoi il avait été si important pour ses sœurs de la retrouver après la mort de Prue. Grâce à cette nouvelle recrue, elles pouvaient toujours détenir le Pouvoir des Trois.

Donc, même si cet irrésistible beau gosse la soupçonnait sérieusement d'être une sorcière, elle n'allait pas lui avouer qu'elle était l'une des Charmed. Du moins en attendant de le connaître mieux. Beaucoup mieux.

Et la perspective de mieux le connaître, pensa-t-elle, *est on ne peut plus attrayante* !

Elle but son café, se mit de la mousse sur le bout du nez et rit en l'essuyant.

— C'est bien. J'aime ça, dit-il.

Il la regardait attentivement, comme si elle allait disparaître d'un instant à l'autre. Ce qu'elle pouvait faire, bien sûr, mais elle ne voulait surtout pas que Timothy le sache.

— Que voulez-vous dire ?

— Votre rire. J'ai l'impression que cette journée n'a pas super bien commencé, aujourd'hui.

— Ça peut aller.

— Non, je ne le crois pas.

— Hé ! protesta Paige en riant. C'est ma journée ou la vôtre ?

— La vôtre, Paige. Mais l'empathie est l'un de mes quelques dons. Je peux plus ou moins sentir ces choses et je peux dire que votre journée a plutôt mal commencé.

Elle tenta de sonder la profondeur de ses yeux gris pour voir si elle aussi pouvait y lire ce genre de chose. Mais sans succès. L'empathie n'était apparemment pas son fort.

— O.K., concéda-t-elle enfin. Vous avez raison. Ça n'a pas été terrible.

— Qu'est-ce qui ne va pas ? Excusez-moi, je suis indiscret. Mauvaise habitude. Je m'avance trop loin et trop vite. Surtout quand il s'agit de quelqu'un qui m'est cher.

— Vous venez à peine de me rencontrer. Comment puis-je être quoi que ce soit pour vous ?

— C'est parce que je vous ai vue sauver la vie d'un petit garçon que je vous ai rencontrée. Et vous êtes adorable. Comment ne pas vous aimer ?

Elle plongea le nez dans sa tasse. Elle n'en revenait pas que ce type la drague si ouvertement. Pourquoi résistait-elle autant alors qu'il détenait toutes les qualités requises ? *C'est un homme, super mignon, qui a des connaissances en sorcellerie et ne panique pas en voyant un petit sortilège opérer sous son nez. Que demander de plus ?*

— J'ai quelques petits problèmes familiaux, avoua-t-elle enfin, en se disant qu'elle n'en révélait pas trop ainsi.

— Vos parents ?

— Mes sœurs. Elles se chamaillent et ne me disent pas pourquoi. Ce qui me fait croire que c'est à cause de moi.

— Parce que si ce n'était pas le cas, chacune essaierait de vous tirer à son bord.

Très malin, songea-t-elle.

— C'est exactement ça.

— Et vous n'avez aucune idée de quoi il s'agit ?

— Je suppose qu'il y a plusieurs possibilités. Paige est une tête de linotte. Paige ne participe pas assez aux tâches ménagères. Paige ne respecte pas les limites. Paige parle avant de réfléchir… comme maintenant, par exemple.

Elle remarqua que Timothy ne souriait plus, qu'il fronçait même les sourcils. Son front ressemblait à un champ fraîchement labouré.

— Vous ne devriez pas être aussi dure avec vous-même, dit-il. J'ai l'impression que vous êtes beaucoup plus critique à votre égard que ne le sont vos sœurs.

Elle haussa les épaules et vida sa tasse.

— Il faut vraiment que je prenne ce bus, dit-elle.

Il eut l'air navré.

— Je ne voulais pas me montrer aussi indiscret. Dites-moi simplement quand j'ai dépassé les limites et je reviendrai en arrière. Je sais très bien faire ça. J'ai l'habitude, à force…

Ce fut au tour de Paige de sourire :

— Vous voyez ? Et maintenant, qui est dur avec lui-même ?

— Vous voyez ? répéta-t-il en lui adressant un sourire qui la fit chavirer. Nous le faisons tous à un moment ou à un autre. Il faut juste éviter d'y prendre goût.

— Je ne suis pas toujours comme ça, dit-elle. Sauf quand je n'ai vraiment pas le moral ! D'habitude je suis plutôt la rigolote de service, tellement excitée que je finis par agacer tout le monde. Surtout quand je commence très tôt le matin.

— C'est sans doute parce que vous avez de bonnes raisons d'être joyeuse.

— Ah bon ? Vous croyez ça ?

Qu'en savait-il ? Elle aurait aimé savoir s'il le pensait sincèrement ou si c'était juste une réplique convenue pour alimenter la conversation. Elle aurait plutôt voté pour la réplique.

— Bien sûr. Vous êtes belle et apparemment en bonne santé. Vous portez des vêtements qui vous vont à merveille. Vous avez une famille qui s'intéresse suffisamment à vous pour se disputer à votre sujet tout en essayant de vous préserver. Vous avez un boulot qui vous intéresse assez pour avoir envie de ne pas être en retard. Vous êtes une sorcière puissante qui utilise ses dons pour le bien. Cela me semble une vie absolument parfaite !

Bon. Sincère et poli. Il avait trouvé une réplique qui sonnait tellement bien, on aurait presque dit qu'il disait vrai ! Elle n'avait en effet pas de quoi se plaindre. Elle ne pouvait certes pas s'acheter de nouvelles fringues très souvent, mais après tout, il y avait des choses plus importantes que de jolies petites bottes à bout pointu, non ?

Et le boulot qu'il avait mentionné était vraiment bien, sauf qu'elle ne le garderait pas longtemps si elle n'y retournait pas au plus vite.

Elle se leva.

— Timothy, je suis très contente d'avoir fait votre connaissance.

— Moi aussi, Paige. Je suis content de vous avoir

vue sauver cet enfant. Faut-il vraiment que vous partiez si tôt ?

— Oui, vraiment.

— Est-ce que je peux… vous appeler, un de ces jours ?

Très bientôt, espéra-t-elle. Mais elle hésita. Il avait prouvé qu'il avait quelques pouvoirs, mais elle ne voulait toujours pas confirmer les soupçons qu'il avait au sujet des siens. Même s'il l'avait vue à l'œuvre.

— Si vous craignez que je révèle votre secret, ne vous inquiétez pas, dit-il comme s'il avait pu lire dans ses pensées. Je suis très discret.

Finalement, Paige sortit un stylo de son sac à dos et inscrivit le numéro de téléphone du bureau sur une serviette en papier, le plia, puis le poussa vers lui, sur la table. Comme il ne la prit pas immédiatement, elle retira sa main. Alors, il la ramassa et la fourra dans sa poche. Elle remarqua que la serviette en papier s'était mouillée quand il l'avait touchée et elle pensa qu'il avait renversé du café sur ses doigts.

— La discrétion est une belle qualité, dit-elle.

— Je le pense aussi.

— A bientôt, Timothy.

Elle lui tourna le dos avant qu'il puisse lui répondre ou lui décocher son sourire irrésistible, et quitta le café. L'arrêt de bus était à quelques centaines de mètres et, dans cette foule, elle préférait ne pas se faire remarquer en se téléportant jusque-là ou même jusqu'au bureau. Si elle rencontrait une rue tranquille ou une allée privée en chemin, elle tenterait sa chance, sinon elle prendrait le bus, quitte à être un peu en retard. Cowan n'allait pas la tuer. Il rouspèterait un bon coup, puis il l'oublierait et se fâcherait pour complètement autre chose.

Il faudrait également bien plus qu'une crise de rage de M. Cowan pour ternir sa bonne humeur. Elle venait de rencontrer exactement le genre de type qu'elle n'espérait plus dénicher un jour. Quelqu'un qui l'acceptait telle qu'elle était, quelqu'un à qui elle pouvait parler de n'importe quoi, qui prendrait sa défense dans n'importe quelle circonstance. Piper avait Léo, Phoebe avait Cole et maintenant… peut-être… elle pourrait avoir Timothy.

De toute évidence, elle devait encore rester sur ses gardes, avec lui. Elle n'avait pas vraiment admis qu'elle était une sorcière, et encore moins laissé entendre qu'elle était une des Charmed. Ce fait risquait de changer les choses pour lui. Il se pourrait qu'il ne veuille pas se lier avec quelqu'un dont la vie était menacée en permanence. Peut-être ne voudrait-il pas se lier avec elle du tout, peut-être voulait-il simplement lui offrir un café, ou se le faire offrir, pour la remercier d'avoir sauvé le garçon et l'oublier immédiatement après. Après tout, il ne l'avait même pas touchée, même quand elle lui avait glissé la serviette, espérant qu'il lui effleurerait les doigts en la prenant.

Mais ce n'était pas exactement ça non plus. Il avait bien dit qu'elle lui plaisait. Cela signifiait forcément davantage, qu'il l'aimait bien… comme on dit au collège ou au lycée. Et il avait saisi le numéro de téléphone plutôt rapidement et l'avait fourré dans sa poche pour ne pas le perdre. Non, elle aurait de ses nouvelles. Et bientôt !

Pourvu qu'il dise vrai en parlant de sa discrétion ! Paige envisageait de tenir secrète l'existence de Timothy vis-à-vis de ses sœurs, en tout cas pour quelque temps. Il lui fallait quelque chose de bien à elle, dans sa vie, en dehors du cercle familial. Son petit jardin secret. Et elle ne voulait surtout pas l'amener à la maison, le présenter à tout le monde, avant de mieux le connaître et d'être sûre de pouvoir lui faire confiance au sujet des Charmed.

Elle devait avoir une foi totale en lui et cela risquait de prendre du temps.

Darryl Morris était à peine arrivé à son bureau quand le téléphone sonna. Il décrocha immédiatement.

— Inspecteur Morris.

— Salut Darryl. C'est Johnson à l'appareil. On a besoin de toi en salle de conférences.

Monroe Johnson était un autre détective, plus jeune que lui, qui avait tendance à lui porter sur les nerfs.

— Je viens à peine de rentrer. J'ai couru dans toute la ville, aujourd'hui, à consulter des dossiers et interroger des experts légistes au sujet de ces meurtres. Il me faut un peu de temps pour revoir toutes ces infos.

— Apporte-les avec toi, dit Johnson. Nous en aurons besoin.

— Nous ?

— La commission d'enquête.

Darryl raccrocha. Le travail à la police n'était plus ce qu'il avait été. Désormais, tout le monde exigeait des résultats immédiats et, s'il y avait le moindre retard, ils désignaient aussitôt une commission. Le FBI attendait en coulisse et si la commission n'avait pas de réponse à donner au bout de quelques jours, le Bureau Fédéral entrait en lice et reprenait l'affaire.

Il ramassa la douzaine de dossiers qu'il venait juste de déposer sur la table et traversa le dédale de petits bureaux du service jusqu'à la salle de conférences. La porte était en verre et il pensa que Johnson avait dû le voir venir. Il compta cinq inspecteurs, trois hommes et deux femmes, assis autour de la table en bras de chemise. Ils avaient l'air de s'ennuyer ferme. Poussant la porte avec le pied, il jeta ses dossiers sur la grande table ovale en bois et métal.

— Ton pantalon est du tonnerre ! fit remarquer Johnson avec un sourire narquois en le voyant entrer.

Darryl regarda vers le bas et se souvint soudain que son pantalon était couvert de taches et de boue provenant de la Villa Gates. Il avait essayé d'en brosser le plus gros, mais sans grand succès. Il n'avait pas non plus eu le temps de se changer. Certains des autres flics ricanèrent nerveusement.

— Bienvenue dans la commission, dit Lorraine Yee, ignorant soigneusement le commentaire de Monroe Johnson.

Elle gratifia Darryl d'un sourire dont le manque de sincérité était évident.

— Merci de te joindre à nous. Nous serons six et pourrons faire appel à quelques gars en uniforme si nous en avons besoin. Mais sinon, on doit se débrouiller tout seuls. Nous savons tous pourquoi nous sommes là, n'est-ce pas ?

Darryl regarda tour à tour les membres de l'équipe et prit une chaise.

— Mains Moites, dit Leonard Scobie.

Leonard était le plus ancien de tous. Darryl le soupçonnait de sévir dans ce métier depuis l'époque de la prohibition ou même celle de la ruée vers l'or. Il avait l'air d'être tellement plus âgé que les autres que c'était devenu une boutade dans le service.

— Mains Moites ? C'est ainsi qu'on le surnomme ? demanda Stephanie Payzant, surprise. C'est dégoûtant !

Darryl trouvait que la plus jeune recrue de l'équipe était aussi la plus attirante. Ses cheveux châtains étaient tirés en arrière en queue-de-cheval et elle portait une chemise d'homme qui soulignait joliment sa silhouette élancée.

— C'est en tout cas ainsi que va l'appeler le *Chronicle* dans son article de demain, rétorqua Lorraine Yee. Ce qui veut dire qu'on a intérêt à avoir du nouveau pour le journal télévisé de demain soir, sinon le maire ne sera pas content du tout. Ce qui veut dire que moi je ne le serai pas non plus et que personne ne le sera…

Un homme à la carrure imposante assis à l'extrémité

de la table se frotta vigoureusement le front, comme s'il essayait d'effacer quelque chose inscrit là par accident.

— Nous serions désolés de vous créer un tel mécontentement, inspecteur Yee, lança Charlie Nordhoff d'une voix éraillée comme s'il se gargarisait tous les soirs avec du verre pilé. Vous savez bien que nous ne sommes là que pour vous rendre la vie simple et heureuse.

— Merci, Charlie ! répliqua sèchement Lorraine. Maintenant bouclez-la, vous tous !

Monroe Johnson se contenta de hocher la tête et de fermer le bec, tout comme Darryl. Lorraine était connue pour son manque de patience et de tact. Elle était d'un calme olympien quand elle s'adressait aux victimes, mais tout ce qu'elle retenait en elle explosait ensuite par rafales, contre les suspects et ses collègues de travail.

— Nous ne sommes pas obligés de l'appeler Mains Moites si ça nous déplaît. Bon. Qu'est-ce qu'on sait sur ce type, pour l'instant ? demanda-t-elle en désignant le panneau de liège sur le mur où quelqu'un avait affiché les photos des trois femmes assassinées et indiqué d'une punaise bleue les lieux des meurtres sur le plan de San Francisco.

— On sait que c'est un homme, répondit Johnson.

— Et comment sait-on cela ? s'enquit Lorraine.

— Eh bien, les probabilités que…

Elle l'interrompit aussitôt.

— Nous n'avons que faire de probabilités ! Je n'ai pas demandé ce qu'on pensait ou ce qu'on spéculait ou imaginait. J'ai demandé ce qu'on savait !

Stephanie releva le défi :

— Nous savons qu'il y a trois femmes mortes. Nous savons que nous n'avons pas identifié l'arme, mais il semblerait que ce soit la même, ou une arme similaire, dans les trois cas. Nous savons qu'aucun indice n'a été retrouvé sur les lieux de tous ces crimes. C'est à peu près tout ce qu'on sait, je crois.

— Merci, dit Lorraine Yee en s'autorisant un léger sourire. Cela résume joliment l'affaire. En d'autres termes, mesdames et messieurs, nous ne savons pas grand-chose et ce que nous ignorons est énorme. Il va falloir renverser la vapeur. Il faut que nous en sachions beaucoup plus et que nous nous assurions que rien ne nous échappe. C'est ainsi que nous pourrons mettre la main sur ce tueur. Il n'y a pas d'autre manière de procéder, à moins qu'on ne se trouve juste au coin de la rue quand il attaquera sa prochaine victime. Que celui qui pense que ça va arriver lève la main !

Aucune main ne se leva, mais Lorraine attendit tout de même. Darryl envisagea un instant lever la sienne, sachant qu'on le renverrait immédiatement de la commission. Cela lui allait comme un gant. Il avait une sainte horreur des commissions. Mais il était le seul détective à être intervenu sur plus d'un de ces crimes, le premier et le dernier, et était donc la meilleure source d'information dont ils disposaient pour l'instant. Il devait donc rester, que cela lui plaise ou non.

Et puis, il avait vraiment très envie d'être présent quand ils attraperaient cette ordure.

CHAPITRE 5

Phoebe était assise sur son lit, un livre sur les genoux. C'était pour elle le meilleur moyen pour ne pas avoir à adresser la parole à Piper. Heureusement, celle-ci avait passé une grande partie de sa soirée au P3, le night-club dont elle était propriétaire. Cela avait arrangé tout le monde.

Paige, quant à elle, était plongée dans ses propres pensées. Pourquoi Piper et Phoebe lui faisaient-elles la tête au sujet d'un problème dont elles ne voulaient pas lui parler ? C'était terriblement frustrant ! Elles s'étaient croisées à plusieurs reprises durant la soirée, mais la conversation avait été brève et superficielle, sans la moindre tentative pour aller au fond du désaccord qui semblait les préoccuper.

Cela faisait douze fois que Phoebe relisait la même page sans retenir le moindre mot et elle fut surprise quand Léo apparut à côté d'elle. En voyant son visage, elle comprit aussitôt que son expédition n'avait pas été un succès.

Elle coinça un marque-page dans son livre avant de le poser sur la table de nuit. Cela faisait déjà un bon moment qu'elle avait enfilé son pyjama bleu à fleurs.

— Alors ? s'enquit-elle, pleine d'espoir malgré elle.

— J'ai trouvé tante Agnès et je lui ai parlé, répondit-il d'un air morose.

Phoebe l'avait supplié d'aller voir leur vieille ancêtre

morte pour savoir exactement à qui était adressée cette lettre d'une part et d'autre part si Paige était vraiment la sœur concernée par cette trahison. Comme Piper n'était pas à la maison, il avait été plus facile de le convaincre. Il avait cependant fallu à Phoebe une patience d'ange pour arriver à ses fins et le fait que Cole soit ailleurs avait légèrement simplifié sa démarche. En tant qu'Etre de Lumière, Léo était mort une fois et pouvait rendre visite aux trépassés quand il le voulait.

— Et ?

— Elle n'est pas très… bavarde. Pas avec moi, en tout cas.

— Qu'est-ce qu'elle t'a dit ?

— Mot pour mot ? Ou dois-je supprimer les gros mots et les insultes ? Cela raccourcirait sérieusement le discours, crois-moi !

— Pas possible !

Léo se laissa tomber au bout du lit, légèrement dépité.

— Je t'assure ! Carrément des chapelets d'insultes et de gros mots ! Le vocabulaire d'un vieux loup de mer semble presque châtié à côté du sien ! C'est une sacrée bonne femme…

Il doit exagérer, se dit Phoebe. *Mais il a un passé militaire et doit avoir une connaissance solide de ce genre de répertoire*. Léo avait, en effet, travaillé comme médecin militaire durant la Seconde Guerre mondiale et avait été tué sur le front durant ce conflit. A cause de son dévouement aux autres, il était devenu un Etre de Lumière.

— Dis-moi tout, s'impatienta-t-elle. A part les gros mots, je veux tout savoir.

— Une fois qu'on a amputé les grossièretés, il ne reste plus grand-chose, malheureusement. Quand je suis arrivé là-bas, Agnès était à peine aimable, mais lorsque je lui ai dit que je venais du Manoir Halliwell, elle est carrément devenue agressive.

Phoebe remarqua qu'il se frottait le menton en grimaçant. Que lui était-il arrivé ?

— Elle ne t'a pas frappé, tout de même !

— Euh… si, figure-toi ! Mais qu'une seule fois.

— Je n'en reviens pas ! Quelle mégère ce devait être ! On dirait que ses relations avec le reste de la famille ne se sont pas arrangées avec le temps, même maintenant qu'elle est de l'autre côté !

— C'est exactement l'impression qu'elle m'a donnée.

— Il n'y a donc aucun moyen de savoir ? s'énerva Phoebe.

— Ce n'est pas une situation facile, Phoebe. Si tu as raison – et je ne pense pas que ce soit le cas – et si Paige n'est pas celle que nous croyons, nous allons tous passer un mauvais moment. Piper l'adore et je crois que toi aussi. Peux-tu imaginer les conséquences que cela aura pour vous si elle est effectivement une traîtresse, une espèce de saboteur travaillant contre la famille ?

— J'y ai pensé.

— Et pourquoi aurait-elle attendu aussi longtemps avant d'agir ? demanda Léo.

— Pour gagner notre confiance ? Pour choisir le moment idéal pour provoquer le maximum de catastrophes ?

Léo éclata de rire.

— Maximum de catastrophes devrait être le slogan dans cette maison, dit-il. Vous pourriez même l'inscrire sur une pancarte au-dessus de la porte d'entrée. Paige n'aurait pas trop de mal à en provoquer.

En entendant la porte du rez-de-chaussée, Phoebe se tendit. C'était probablement Cole ou Piper, mais il y avait toujours la possibilité que ce soit un démon ou une autre créature bizarre venue pour tuer les trois sorcières.

Léo avait raison : La vie au Manoir Halliwell était loin d'être calme.

— Coucou, c'est moi ! cria-t-on du hall d'entrée.

— C'est Piper, annonça Léo assez inutilement puisqu'ils avaient reconnu sa voix. Je devrais descendre.

Quand il se leva, Phoebe le retint une seconde par le bras.

— Merci, Léo.

— Je n'ai pas fait grand-chose, protesta-t-il.

— Mais tu as essayé. C'est déjà très sympa.

— Crois-moi, s'il y a moyen de ramener la paix dans cette maison, je suis prêt à tout.

Il se leva et se dirigea vers la porte.

Phoebe hésita à le suivre, puis elle entendit une autre porte s'ouvrir et le bruit, reconnaissable entre tous, des pieds traînants de Paige sur le palier.

— Salut Piper, dit Paige. Tu as passé une bonne soirée ?

— Ça peut aller, répondit sa sœur. Encore une nuit de musique trop forte, de danse, de boissons… je suppose que c'est comme dans toutes les boîtes de nuit.

Phoebe décida qu'elle ferait mieux de descendre et alla jusqu'au seuil de sa porte. Léo était déjà en bas et serrait Piper dans ses bras. Paige se tenait en haut de l'escalier dans une nuisette rose et ses vieux chaussons effilochés. Elle avait le même air fringant qu'elle avait eu toute la soirée. Phoebe se souvint alors de l'avoir trouvée différente, aujourd'hui, comme si elle avait été sujette à une espèce d'excitation qui frémissait juste à fleur de peau. Sur le moment, elle avait mis ce comportement sur le dos du malaise qui s'était installé entre elles, mais apparemment, cela semblait perdurer…

— Ma journée n'était pas mal non plus, déclara Paige, gaiement. Le travail comme d'habitude et les soldes chez Macy's où je n'ai finalement rien acheté.

Mais c'était quand même amusant de faire un peu de lèche-vitrines.

Elle me semble bien nerveuse, pensa Phoebe. *Comme si elle voulait nous dire quelque chose et qu'elle se retenait de le faire… Si elle a des secrets, sont-ils en rapport avec ce que je crains ?*

Ils bavardèrent encore un peu avec un détachement un peu artificiel, puis chacun se retira de son côté.

Phoebe était juste en train de se glisser sous sa couette avec son livre quand on frappa à la porte.

— Entrez !

La porte s'ouvrit avec hésitation, puis Piper entra en la refermant derrière elle.

— Bonsoir, toi.

Phoebe attendait la suite, mais comme rien ne venait, elle ajouta :

— Ça va ?

— Euhhh… si on veut. Léo m'a raconté ce qui s'est passé. Ce qu'il a fait, cet après-midi.

— Je ne pensais pas qu'elle le frapperait, intervint immédiatement Phoebe pour prendre les devants de toute critique à ce sujet.

— Non, je sais. Je voulais simplement te dire que je n'apprécie pas que tu utilises mon mari de cette manière.

Phoebe allait répondre, mais Piper continua à parler, lui coupant la parole.

— Mais il est notre Etre de Lumière et c'est ce qu'il est censé faire. J'apprécie que tu aies eu cette idée, que tu sois arrivée à le convaincre d'essayer de mettre un peu d'ordre dans cette histoire pour résoudre le problème qu'on a en ce moment. C'est ce que nous devrions faire, n'est-ce pas ? Nous sommes là pour résoudre des problèmes. Nous travaillons ensemble. Nous accomplissons des choses. On dirait un peu un C.V., mais tu comprends ce que je veux dire.

— Il n'a malheureusement pas pu beaucoup avancer, regretta Phoebe. Agnès ne lui a même pas dit si elle avait écrit la lettre ou non.

— C'est vrai, concéda Piper. Mais c'était une tentative courageuse. Le problème reste donc entier. Merci tout de même d'avoir eu l'idée d'essayer.

Phoebe aurait aimé ajouter quelque chose, serrer sa sœur dans les bras ou… Mais Piper ouvrit simplement la porte, ressortit et la referma derrière elle sans rien ajouter. Une fois de plus, Phoebe se retrouvait seule, avec toutes ses préoccupations et ses craintes au sujet de ce que le lendemain allait encore apporter.

Au moins avait-elle une sœur aînée qui l'aimait, quoi qu'il arrive, envers et contre tout.

Et cela n'a pas de prix, pensa-t-elle.

Rosa Porfiro passait presque toutes ses soirées dans la cabine en verre du garage de l'un des hôtels les plus huppés de la ville, regardant passer des BMW, des Lamborghini, des Mercedes ou parfois de vieilles Cadillac ou Lincoln de collection. Installée sur son tabouret, elle saluait les conducteurs qui étaient parfois des chauffeurs ou les propriétaires eux-mêmes. Quand les voitures repartaient, elle vérifiait leur ticket et récoltait l'argent demandé. Les voituriers de l'hôtel venaient également y garer les véhicules des clients et elle les connaissait tous par leur nom. Quand ils défilaient dans les voitures luxueuses, elle leur adressait un petit signe de la main ou se bouchait les oreilles quand ils faisaient grincer les freins ou crisser les pneus sur le sol de béton maculé de taches d'huile.

Et quand elle avait fini sa journée, Rosa attendait le bus qui l'emmenait de Nob Hill jusqu'à sa rue, dans le Sunset District, entre Golden Gate Park et le zoo. Le bus coûtait certainement plus cher que ces voitures qui défilaient devant elle durant toute la soirée, mais il ne lui appartenait pas, bien sûr, et son chauffeur n'était pas son employé. Pour son trajet, elle payait un dollar pour un siège et le bus se rendait là où il devait aller. Difficile d'imaginer une meilleure solution pour elle, qui n'avait jamais possédé de voiture et ne le ferait sans doute jamais. Même si cela devait lui arriver un jour, elle ne pourrait s'offrir ni Jaguar ni Lexus, et il était tellement difficile de trouver un parking dans cette ville et ils étaient tellement chers qu'elle choisirait tout de même le bus pour se déplacer.

Etre riche, pensait-elle souvent, serait une bonne chose. Elle pourrait certainement s'y habituer. Mais ne pas être riche n'était pas nécessairement une mauvaise chose non plus. Elle et son mari, Rico, possédaient une petite maison et avaient Patricio, un petit garçon de neuf ans qui les occupait beaucoup. Malgré tous les soucis, c'était un vrai bonheur. Rico travaillait pour une entreprise de construction et, comme il y avait toujours quelqu'un en train de construire dans cette ville, le travail ne manquait pas. Il adorait être à l'extérieur, se servir de ses mains. Le petit Patricio allait à l'école et se rendait ensuite à la garderie où Rico passait le prendre en fin de journée. Pendant ce temps, Rosa était déjà en route pour son travail et, quand elle rentrait à vingt-deux heures, Patricio était déjà au lit. Mais elle le voyait tous les matins, l'aidait à s'habiller, lui préparait son petit déjeuner et l'accompagnait jusqu'à l'école. Chaque week-end, ils passaient beaucoup de temps ensemble, tous les trois. Elle se considérait donc comme une femme gâtée, même si les fins de mois étaient souvent difficiles et le luxe une denrée très rare.

Quand elle rentrerait, tout à l'heure, Patricio serait profondément endormi, mais Rico serait encore réveillé, installé dans le salon, la télé en sourdine et une toile sur le petit chevalet, en face de lui. A ses heures perdues, il peignait des paysages maritimes, des endroits qu'il voyait quand il travaillait sur des bâtiments au bord de la mer.

Ces toiles étaient petites, parfois de la taille d'une carte postale et sa cousine Lupe les vendait au marché aux puces quand elle le pouvait, enrichissant ainsi de quelques dollars la cagnotte familiale. Rosa avait été surprise qu'un homme aussi grand et fort peigne des scènes aussi délicates. Tout était une question de dextérité, lui avait un jour expliqué Rico. Et un tableau était juste une autre structure, sur une échelle différente.

Rosa s'engageait maintenant dans la rue qui menait de l'arrêt de bus à sa maison. Impatiente de voir ce qu'il peignait ce soir, elle pressa le pas. Le voisinage était calme et enveloppé dans un brouillard épais. Ici, presque tous les soirs étaient brumeux à cause de la proximité de l'océan, même si le ciel de Nob Hill était clair et parsemé d'étoiles.

Elle pensait à son foyer, au talent de Rico et au sommeil de Patricio quand le brouillard prit une forme solide devant elle. Elle se cogna à quelque chose et recula, bien trop surprise pour crier.

— Je… je suis désolée, bredouilla-t-elle.

Sans doute avait-elle bousculé un petit vieux du quartier qui prenait l'air ou un voisin sorti pour promener son chien. Et pourtant, elle ne pouvait voir personne. Son cœur se mit à battre plus vite. Pourvu qu'elle ne l'ait pas fait trébucher ! Et si elle l'avait blessé ?

Puis le brouillard s'écarta et elle distingua une vague silhouette. Cela ne ressemblait pas du tout à un vieillard, mais plutôt à un jeune. Mais comment en être sûre ? La forme était imprécise, comme si c'était seulement une ombre dans le brouillard. Elle eut pourtant l'impression d'avoir affaire à quelqu'un de grand, jeune et menaçant qui se dirigeait sur elle. Elle leva une main pour faire écran, mais l'ombre la repoussa de côté, brutalement, et Rosa se mit à hurler.

Une main mouillée se plaqua sur sa bouche, enfermant le cri à l'intérieur.

— Non, non, non. Chut ! dit une voix.

Ce n'est pas une voix amicale, pensa-t-elle. *Il y a de la méchanceté dans cette voix.*

— J'aime le silence, pas vous ? demanda encore l'inconnu.

Elle voulait se débattre, secouer la tête, prier, crier. Mais il la serrait tellement fort qu'elle put à peine respirer. Ses yeux s'emplirent de larmes, puis elle sentit quelque chose de pointu sur ses côtes et une douleur soudaine.

Quoi ! Il l'avait blessée ! Elle était furieuse. Il l'avait agressée, blessée alors qu'elle ne lui avait rien fait…

Puis elle ressentit une autre douleur et une autre encore. Un liquide coula sur son ventre et elle comprit que c'était son sang, qu'il la poignardait une fois de plus. La douleur était brûlante, mais Rose commençait à avoir froid, très froid, comme si la brume de San Francisco transperçait son âme de tentacules acérés.

Darryl Morris présenta son badge à l'agent en uniforme qui gardait le périmètre et la jeune femme hocha la tête avant de soulever la bande jaune de sécurité pour le laisser passer.

Elle avait de très jolies dents blanches et une masse de cheveux cuivrés amassés sous son képi dont quelques mèches s'échappaient, tombant sur son front.

— Bonsoir, monsieur, dit-elle. Bon sang ! Celle-ci est assez horrible à voir. C'est impressionnant.

— N'est-ce pas toujours le cas ?

— Je ne sais pas. Cela ne fait que trois semaines que je suis à ce poste et c'est ce que j'ai vu de pire, jusqu'à présent.

Darryl faillit lui répondre, mais se ravisa. S'il avait su au bout de trois semaines tout ce qu'il savait maintenant, il aurait probablement quitté les services de la police pour se trouver un job plus sûr, plus ennuyeux. *Dresseur de lions, peut-être*, pensa-t-il. *Ou bien ce Crocodile Dundee qu'on voit à la télé. Je m'en sens tout à fait capable !* Mais il préférait ne pas dire à cette jeune recrue ce qu'il ressentait. Elle avait vu une scène horrible ce soir mais, pour l'instant, elle pouvait toujours sourire et faire son travail efficacement, en gardant le moral. Il ne voulait pas être celui qui briserait ses illusions.

Les services médico-légaux avaient déjà mis en place les générateurs qui ronronnaient bruyamment, empêchant les voisins de dormir. De puissants projecteurs sur pieds éclairaient les lieux de leur lumière artificielle. Des policiers en uniforme avaient été relégués un peu plus loin où ils écartaient les curieux et surveillaient les lieux du crime. Certains devaient sûrement faire du porte à porte pour interroger les voisins et savoir si quelqu'un avait vu ou entendu quelque chose, cherchant désespérément d'éventuels témoins.

Quelques autres membres de la commission d'enquête étaient également arrivés à peu près au même moment que Darryl. Un peu plus loin, il aperçut Stephanie Payzant et Leonard Scobie, en train de prendre des notes et, à quelques mètres d'eux, Lorraine Yee qui cuisinait sans pitié l'un des flics en uniforme.

Darryl jeta un coup d'œil vers la foule de curieux. Certains portaient des pyjamas et des peignoirs, d'autres avaient rapidement enfilé des pulls et des bermudas, malgré le temps plutôt frais. Quelques malins s'étaient habillés de pied en cap pour se protéger de la nuit froide. Darryl avait l'intention de charger quelqu'un de prendre des photos de ces badauds et espérait même trouver le temps de se promener parmi eux pour écouter, sentir, fouiller. *Le tueur pourrait très bien être là*, pensa-t-il. *En train de nous regarder travailler, prenant un plaisir pervers à nous observer pendant que nous examinons son chef-d'œuvre de sanguinaire.*

Darryl avait déjà quelques certitudes au sujet de l'agresseur. D'après le premier rapport qu'il avait entendu, il était persuadé que c'était ce même type qui avait déjà tué les trois premières victimes. Ce qui voulait dire qu'ils avaient affaire à un tueur en série qui se baladait encore dans la nature. Bientôt, peut-être demain, toute la ville commencerait à paniquer. Si la commission ne parvenait pas à l'attraper rapidement, le FBI allait intervenir et lui, Darryl Morris, n'aurait plus aucune chance d'épingler ce salaud.

Et Darryl crevait d'envie de mettre la main sur lui ! Et cela depuis l'instant où il avait posé les yeux sur Gretchen Winter et Julia Tilton.

Oui, à tous les coups c'était un homme, vingt-cinq ans, trente, tout au plus. Généralement, ces gars se faisaient capturer ou mouraient ou émergeaient de la folie qui les avait poussés à tuer. Sans doute de race blanche, celui-ci devait avoir une vie de famille chaotique avec un père mort, absent ou inefficace, une mère dominatrice, voire abusive. Tous ces éléments faisaient partie d'un profil et, même si Lorraine Yee avait une sainte horreur des profils, c'était important de les garder à l'esprit. Un flic devait savoir jouer avec les probabilités, sans tout miser sur elles. Darryl devait considérer ces profils comme d'éventuels aspects de sa proie, tout en restant ouvert à la possibilité que le tueur soit au contraire une femme Esquimau, dans la soixantaine, avec des parents modèles. Etre capable d'envisager deux possibilités contradictoires en même temps, c'était un minimum pour un flic de San Francisco.

Quand il regarda Rosa Porfiro, cependant, toutes pensées d'autosatisfaction s'évanouirent. Elle était allongée sur le dos et la tête formait un angle curieux. Ses yeux grands ouverts étaient encore empreints de frayeur, même après la mort. Son gilet était ouvert et collait, par endroits, à son polo blanc de l'uniforme de l'hôtel, à cause de tout ce sang qui tachait ses vêtements et s'étalait sous elle en une grande flaque, s'écoulant de ses nombreuses blessures. Il remarqua également des taches d'humidité sur son épaule, près du cou.

— Tu les collectionnes, ces derniers jours ! fit remarquer Ed.

Ed Sweeney, le médecin légiste, était un petit bonhomme tout rond doté d'une tête minuscule ressemblant à un pamplemousse jaunâtre doté de deux yeux en boutons de bottines. Malgré la température plutôt fraîche, l'homme transpirait. Le connaissant, Darryl savait que c'était là la seule manifestation physique de sa colère qui grandissait en lui quand il devait examiner la victime d'un meurtre. Cet homme avait une mémoire époustouflante et se souvenait de tout ce qu'il avait pu entendre, voir, lire et était capable de le réciter mot à mot. D'ailleurs, quand il s'agissait d'homicide, Darryl était ravi de travailler avec lui.

— Je tenais à m'occuper de celle-ci, dit Darryl.

— A cause de Tilton et des autres ?

— C'est exact. Toi aussi, tu trouves que ces affaires se ressemblent ?

Sweeney hocha la tête. Il montra les nombreuses blessures sur le torse de Rosa.

— La même arme que les trois autres. Je ne sais toujours pas exactement de quoi il s'agit. Il y a dix-neuf blessures, cette fois. Trois ou quatre auraient été suffisantes pour la tuer, mais ce type ne prend pas de risque.

— Et son sac à main était avec elle ? demanda Darryl tout en connaissant déjà la réponse.

— Il contenait trente et un dollars et cinquante-deux cents, une carte Visa, un permis de conduire, une carte de bibliothèque et quelques photos de sa famille.

— Quelqu'un a prévenu ses proches ?

C'était l'aspect du travail que Darryl détestait le plus, mais c'était sans doute le cas de tous les policiers, en uniforme ou non. Annoncer à quelqu'un que sa femme, la mère de ses enfants, a été assassinée, laissait des cicatrices qui ne guérissaient jamais. Darryl en avait parfois encore des cauchemars, même s'il n'avait pas eu à le faire récemment.

— Un des gars s'en charge. Je crois que c'est Sanchez. La victime habite juste à quelques pâtés de maisons d'ici.

Cela signifiait que la famille pourrait vouloir se rendre sur la scène du crime si Sanchez ne parvenait pas à les en dissuader. Ils ne devaient pas voir ce spectacle et ça ne ferait que compliquer l'enquête. Les sentiments de la famille étaient importants, mais il était également important d'arrêter ce type avant qu'il inflige le même sort à une autre victime. Que la famille de Rosa Porfiro se trouvât si près ajoutait encore à l'urgence.

Darryl déglutit avec difficulté et se pencha sur la dépouille.

— Alors dépêchons-nous ! Qu'on en finisse avant qu'ils ne débarquent tous !

CHAPITRE 6

Piper descendit dans la cuisine pour se préparer un petit déjeuner. Phoebe et Paige étaient déjà installées à la table, s'efforçant de ne pas se regarder ou se parler. La tension était aussi épaisse que la brume, dehors. Le café était prêt et Piper s'en versa dans une tasse avant de jeter un coup d'œil dans le réfrigérateur, à la recherche de fruits. Il n'y en avait pas. Elle renonça et se souvint qu'il restait quelques muffins aux myrtilles de la veille.

— Est-ce que quelqu'un a vu les muffins ? demanda-t-elle à la ronde.

— Phoebe a pris le dernier, déclara Paige, la bouche pleine de pain grillé. Et puisque tu poses la question, je viens de finir le pain. Donc pas de toast non plus.

Piper leur lança un regard furibond.

— Il reste un peu de céréales, offrit Phoebe avec un certain détachement, mais il faudra te passer de lait. J'ai versé le fond qui restait dans mon café.

— Plus personne ne sait où se trouve l'épicerie ? rouspéta Piper. D'ailleurs, ça compte pour moi aussi, admit-elle avant que ne se lève un vent de révolte.

— Je suppose qu'on a tous été trop occupés à travailler et à chasser les démons, tempéra Paige.

La veille, Phoebe et Paige avaient pourtant passé la soirée scotchées à la maison en évitant de s'adresser la parole. Piper faillit le leur faire remarquer, mais se ravisa. La situation, déjà très tendue, ne ferait que s'envenimer.

— Bon, alors je vais prendre un truc sur mon chemin, dit-elle. D'ailleurs j'ai rendez-vous avec quelques fournisseurs au P3, il faut que je file.

Ce qui était vrai. Elle voyait le premier à neuf heures, et le suivant à dix heures trente. Tous deux allaient faire l'inventaire du stock et s'asseoir quelques instants pour inscrire les nouvelles commandes. Une chose était sûre : la matinée allait être assez bousculée.

— Et moi, j'ai une entrevue d'embauche, déclara Phoebe en posant sa tasse dans l'évier. Il va donc falloir que je me dépêche un peu.

— Ah, c'est génial ! s'enthousiasma Paige. Avec qui ?

— Une petite chaîne de librairies dont le siège social est ici, en ville, répondit Phoebe. Ce n'est pas un poste grandiose, je serai seulement réceptionniste, mais ça me rapportera un peu de sous. Et j'ai hâte de pouvoir de nouveau participer aux emplettes de la maison, bien que j'aie l'impression que cette entrevue ne se passera pas super bien.

— Pourquoi ça ?

Phoebe hésita à répondre, ne sachant jusqu'où elle pouvait s'aventurer sur ces sables mouvants.

— C'est-à-dire… que je ne dors pas beaucoup, ces derniers temps.

C'était un mensonge ou du moins une demi-vérité. Elle était préoccupée et son manque de sommeil n'était qu'une circonstance aggravante.

— En tout cas, bonne chance ! déclara Paige. C'est un job plutôt sympa et je suis certaine que tu le décrocheras.

Elle semblait faire de gros efforts pour faire fondre un peu de l'iceberg de tension qui s'était installé dans la maison. Piper observa Phoebe avec attention, curieuse de voir la réaction qu'elle allait avoir. Les yeux de sa sœur s'attendrirent un instant et elle regarda Paige comme si elle était la petite sœur chérie et digne de confiance qu'elle avait toujours été. *Et sera de nouveau*, pensa Piper. Mais les yeux de Phoebe se durcirent et elle pinça les lèvres d'un air circonspect en se tournant vers Piper. Et voilà ! De toute évidence, Phoebe venait de se souvenir qu'elle ne faisait plus confiance à Paige et qu'elle en voulait à Piper.

Eh bien, tant pis ! Piper n'était pas près de fumer le calumet de la paix avec Phoebe si celle-ci ne commençait pas à se comporter de manière plus aimable avec Paige et à oublier cette fichue lettre du grenier. Sans oublier qu'elle avait terminé les derniers muffins et fini le lait jusqu'à la dernière goutte !

— Bon, alors je vais y aller ! déclara Piper, pressée de partir avant de laisser échapper une parole qu'elle regretterait ensuite. Salut !

Elle remonta se brosser les dents et dire au revoir à Léo.

Même quand M. Cowan était de bonne humeur, ce qui était rare, le travail de Paige était très stressant. Les gens ne faisaient pas appel aux services sociaux quand leur vie se déroulait à merveille, mais quand ils se débattaient en pleine crise : à cause de vilaines disputes pour la garde des enfants, de parents disparus ou abusifs, de violences conjugales ou de grosses difficultés financières. On venait l'appeler au secours à longueur de journée et parfois elle se sentait vidée de tout courage. Heureusement qu'il lui restait ses pouvoirs de sorcière qui lui servaient d'échappatoire et des monstres à combattre pour évacuer toute cette pression.

Aujourd'hui, par exemple, elle avait passé la majeure partie de la matinée au téléphone avec les services de police et des assistantes sociales de divers Etats, essayant de retrouver la piste d'une soi-disant mère qui avait décidé de « s'épanouir » en suivant un groupe de rock de second ordre lors de leur tournée dans les vastes plaines du Nord. Pour ce faire, cette groupie avait quitté son emploi et disparu dans la nature, abandonnant son mari, Jarrod Boone, avec leurs trois enfants de moins de sept ans. Elle avait bien sûr vidé leur compte en banque et lui avait laissé un petit mot, lui demandant de s'occuper des enfants et de ne surtout pas essayer de la retrouver.

Le pauvre homme accomplissait de son mieux la première partie de cette demande, mais refusait catégoriquement la seconde. Avec son seul salaire, il parvenait difficilement à payer les frais de garderie pendant qu'il allait travailler. Avec deux salaires et leurs maigres économies, ils arrivaient juste à faire face aux dépenses de loyer, de nourriture et autres charges, mais tout seul, c'était parfaitement impossible. Il pensait que les enfants avaient besoin d'une mère, mais craignait surtout qu'ils soient obligés de vivre dans leur voiture ou dans un abri pour SDF. Il voulait donc qu'on retrouve sa femme et qu'elle lui rende au moins leurs économies. La police refusait de s'occuper de ce genre d'affaires et il n'avait pas les moyens de s'offrir les services d'un détective privé. Il s'était donc adressé aux services sociaux.

Paige n'en pouvait plus de tourner en rond avec ses coups de fil. Elle ne comprenait pas pourquoi les gens ne se montraient pas plus honnêtes avec elle. Si un policier de Podunk, dans le Michigan, n'avait pas envie de se donner la peine de voir si Mme Boone était enregistrée dans les motels du coin, il aurait simplement pu le lui dire, non ? Au lieu de cela, il l'avait transférée à quelqu'un d'autre qui l'avait transférée à son tour à un autre service pour se débarrasser d'elle, et ainsi de suite jusqu'à ce que la ligne soit finalement coupée. Comme par hasard ! Elle avait failli s'énerver à plusieurs reprises, mais elle faisait de gros efforts pour ne pas perdre patience. Ne dit-on pas que « *patience et longueur de temps...* » ou « *On attrape plus de mouches avec du miel...* » ?

Bref, pour garder la tête froide, elle pensait à Timothy et au délicieux moment qu'ils avaient passé au café d'Union Square, deux jours plus tôt. Normalement, elle se serait précipitée pour raconter ce genre de chose à Piper et à Phoebe. Mais qui pourrait encore qualifier de « normale » le genre d'ambiance qui régnait au QG des sorcières ? Enfin, ce n'était pas parce qu'elle ne parlait pas de lui qu'elle ne pensait pas à lui. Bien au contraire. Quand les coups de fil devenaient trop exaspérants, elle se rappelait aussitôt le son du rire de Timothy, si contagieux qu'elle ne pouvait s'empêcher de rire avec lui. Et il l'avait regardée avec une telle admiration quand il avait mentionné la manière dont elle avait sauvé le petit garçon…

Paige venait juste de raccrocher après un énième coup de fil sans le moindre résultat : il n'y avait pas de ville du nom de Podunk dans le Michigan. En revanche, il existait un Pompeii où les policiers étaient on ne peut plus désagréables. Au même instant, le téléphone se mit à sonner. Espérant que ses vaines demandes de renseignements avaient enfin touché quelqu'un d'efficace, elle décrocha.

— Paige Matthews, services sociaux, dit-elle avec entrain.

— Voilà ce que j'aime entendre, dit une voix masculine. Une personne heureuse dans son travail. C'est Timothy à l'appareil. Je ne sais pas si vous vous souvenez de moi…

— Bien sûr, je me souviens de vous, Timothy. Union Square, une tasse qui flotte… Comment pourrais-je oublier ?

— Ah, c'est sympa. J'ai l'impression que vous êtes en meilleure forme que l'autre jour.

Paige prit le temps de réfléchir un instant.

— Je n'en suis pas certaine, conclut-elle finalement. Dans l'ensemble, c'est un jour assez nul. Mais j'essaie de ne pas le montrer aux gens qui m'appellent ici. Par rapport à eux, j'ai une vie plutôt cool.

— C'est probablement vrai. Je ne veux pas vous déranger dans votre travail, mais je pensais à vous et je voulais prendre de vos nouvelles.

Paige eut l'impression de sentir son cœur gonfler à ces paroles.

— Moi aussi, je pensais à vous, lui dit-elle.

— Si seulement c'était vrai.

— Mais bien sûr !

— C'est super ! dit-il, l'air sincèrement content. Alors, vous avez encore sauvé un gamin, aujourd'hui ?

— Aujourd'hui ? J'essaie d'en sauver trois, répondit-elle. Et du pire ennemi : la pauvreté.

— Fichtre ! dit-il sur un ton plein d'admiration. C'est un boulot génial et vous êtes la personne idéale pour le faire. Quand j'ai vu que vous étiez une sorcière, j'espérais que vous étiez du côté des gentilles, que vous ne faisiez pas seulement ça pour épater la galerie. Mais il est évident que ce n'était pas le cas. Vous aimez vraiment aider les gens.

— Oui, je suppose qu'il y a de ça, répondit Paige.

— Je savais que vous agissiez pour le Bien.

Elle se sentit rougir un brin, même si personne n'était là pour le voir.

— Merci, je suppose que vous aussi.

— C'est exact, répondit Timothy. Cela remonte à loin dans le passé. Ramona Frey, une de mes ancêtres, travaillait avec une autre sorcière, dont le nom était… quelque chose comme Halloween, je crois.

Paige sentit son cœur faire un bond, mais elle se tut et le laissa poursuivre.

— Non, Halliwell. Agnès Halliwell. Ma mère me disait qu'ensemble, elles avaient vaincu presque tous les démons à l'ouest du Mississipi.

— Agnès Halliwell ? Je ne crois pas avoir entendu ce nom.

— Mais vous avez entendu parler des Halliwell ? Les Charmed ?

Elle se sentit déchirée. Si elle lui mentait maintenant, ce serait une façon horrible de commencer une relation... si toutefois il envisageait une éventuelle relation. Mais elle avait appris, à la dure, que ses sœurs et elle devaient toujours rester sur leurs gardes. Les Charmed avaient de trop nombreux ennemis pour qu'elle puisse se permettre de révéler sa vraie identité à la légère, surtout à quelqu'un qui risquait de comprendre ce que cela signifiait.

Mais tout l'intérêt de ma rencontre avec Timothy, c'est de développer une relation comme je la souhaite, décida-t-elle. *Et parfois, ce que je souhaite doit compter aussi !*

— J'ai entendu parler d'elles, lui dit-elle non sans difficulté. En fait, je suis pratiquement une Halliwell.

Elle put entendre un souffle de surprise.

— Je croyais que vous étiez une Matthews, rétorqua-t-il.

— C'est vrai. J'ai la même mère que les sœurs Halliwell, mais un père différent.

— Alors vous êtes une des Charmed ? Comme c'est étrange. Pas étonnant que j'aie ressenti des vibrations positives émaner de vous.

Paige rit.

— Oh, parfois je peux être mauvaise.

— Je m'en doute, mais pas comme je l'entends.

— A une époque, j'ai failli basculer, dit-elle en se

rappelant le dilemme auquel elle avait dû faire face en apprenant qu'elle était une sorcière. La Source avait voulu la pousser du côté du Mal. Comme Prue était morte, cela aurait définitivement limité ou même éliminé le Pouvoir des Trois. Et elle avait bien failli se laisser faire.

— Ainsi, vous êtes une Charmed, répéta Timothy. Et vous n'avez jamais entendu parler d'Agnès Halliwell ?

— L'aurais-je dû ?

Il hésita longuement.

— Paige, dit-il finalement. Je ne vous cache pas l'affection que je vous porte et je ne désire que ce qu'il y a de mieux pour vous. Il m'est donc difficile de vous dire ce qui suit. Mais je crois qu'il faut que vous sachiez qui est Agnès. Et il y a aussi autre chose que vous devez savoir.

— De quoi s'agit-il, Timothy ? Vous commencez à m'inquiéter.

— Je ne peux pas vous le dire. Il faut que vous le découvriez par vous-même. Et la seule manière d'y parvenir est d'entrer dans la chambre de votre sœur Phoebe quand il n'y a personne à la maison. Elle cache une lettre dans sa table de nuit. Il faut que vous la lisiez.

— Mais… c'est de l'indiscrétion ! protesta Paige. Elle va me tuer. Et puis… ce n'est pas joli-joli de faire ça.

— Elle n'a pas besoin de le savoir. Je ne veux pas causer d'embrouilles, Paige, mais elle vous cache un secret et vous avez le droit d'être au courant. Il faut que vous sachiez.

Paige déglutit avec difficulté. Elle avait en effet eu le sentiment que ses sœurs lui cachaient quelque chose, il n'y avait aucun doute à ce sujet. Phoebe s'était montrée particulièrement distante, comme si Paige l'avait offensée d'une manière ou d'une autre. Pour Piper, c'était différent. C'était comme si elle était furieuse contre Phoebe alors que Phoebe était furieuse tout court.

— Je peux vous poser une question, Timothy ?

— Oui, bien sûr. Tout ce que vous voudrez.

— Si c'est un secret, comment se fait-il que vous soyez au courant ?

Il rit et Paige se détendit. *Tout n'est pas si horrible que ça dans la vie*, pensa-t-elle, *aussi longtemps que le rire de quelqu'un me fera cet effet*.

— Nous avons tous des pouvoirs, Paige. Je suppose que le mien est de savoir ce genre de chose.

Ils bavardèrent encore quelques minutes puis Paige raccrocha, à contrecœur. Il était presque l'heure de déjeuner et elle avait la ferme intention de prendre au sérieux le conseil de Timothy.

Phoebe avait carrément menti à ses sœurs et s'en voulait vraiment. Elle avait un entretien d'embauche, ça c'était vrai, mais ce n'était pas avant le début de l'après-midi. Elle avait seulement eu envie de sortir de la maison, de s'éloigner de cette pression qui allait faire sauter le couvercle de la Cocotte-Minute d'un instant à l'autre.

Elle leur avait donc fait croire que son rendez-vous avait lieu tôt le matin et avait sauté dans sa Jeep bleu-nuit pour se promener. Elle se dirigea vers le sud pour sortir de la ville. Conduire à San Francisco demande beaucoup d'attention et elle avait besoin de réfléchir à cette situation pour le moins déplaisante. Elle prit donc l'autoroute 280, dépassa le lac San Andreas et traversa les collines de la péninsule où herbes folles et chênes-verts se relayaient en un joli patchwork.

L'autoroute l'entraînait hors des zones de brouillard où la visibilité était bien meilleure. Elle espérait sincèrement y voir également plus clair dans ses pensées. La seule personne à laquelle elle aurait aimé pouvoir parler de ses préoccupations était Cole, car il lui permettait d'exprimer la moindre idée, même la plus folle.

Mais il était occupé avec Léo et Piper à essayer d'élucider ces meurtres qu'ils croyaient liés à des causes surnaturelles. Il avait cependant promis de la retrouver après son entretien.

Elle avait la ferme intention de faire demi-tour dès qu'elle atteindrait le cœur de la Silicone Valley, cette région qui s'étendait entre Palo Alto et le Sud, où de si nombreuses fortunes s'étaient faites et défaites à plusieurs reprises, souvent avec les mêmes personnes, durant ces dernières décennies. A l'époque du boom des *.com*, elle s'était même attendue à voir pousser des péages comme des champignons et devoir payer une somme astronomique pour aller respirer l'air raréfié de la vallée. Quand le boom s'était calmé, elle avait été désolée que des milliers de personnes perdent leur travail, mais ne regrettait pas que les prix de l'immobilier soient retombés à des niveaux raisonnables afin que ces mêmes personnes puissent de nouveau acheter des maisons autour de la Baie.

Elle sortit donc de l'autoroute à Woodside pour ne pas trop s'enfoncer dans la circulation et revenir trop tard en ville pour son rendez-vous. Une petite guinguette en bois lui offrit une étape-déjeuner avec un sandwich et un jus de fruits. Elle s'installa en terrasse, au soleil, pour oublier le brouillard de ces derniers jours. Elle n'avait toujours pas trouvé de solution au dilemme qui consistait, entre autres, à savoir si la lettre de tante Agnès concernait Paige ou non, mais elle se sentait tout de même un peu mieux. Cette petite échappée à la campagne et au soleil avait retiré quelques toiles d'araignée dans son cerveau aussi encombré que le grenier du manoir.

Quand Phoebe arriva enfin à San Francisco pour son entretien, elle était en pleine forme. Son petit tour en dehors de la ville avait radicalement effacé sa mauvaise humeur. La circulation et les problèmes de parking risquaient cependant d'envenimer les choses, car elle dut faire trois fois le tour du pâté de maisons avant de pouvoir garer sa Jeep. Les bureaux de la chaîne de librairies étaient situés dans un quartier impossible.

Presque en retard, elle courut sur le trottoir et faillit marcher sur un bracelet en cuivre qu'elle n'avait pas vu. Elle se baissa pour le poser près du mur où il serait plus à l'abri mais toujours assez visible pour que son propriétaire puisse le retrouver.

C'est alors qu'elle fut frappée par une vision qui lui coupa violemment la respiration. Phoebe vit en effet une rue sombre, humide de brouillard, une jeune femme vêtue d'une espèce d'uniforme ainsi qu'une autre présence malveillante, celle d'un rôdeur s'approchant d'elle pour la tuer. Quand la vision disparut, Phoebe se retrouva toute seule sur le trottoir embrumé, les genoux en compote.

Ebranlée, Phoebe s'adossa contre un parcmètre et essaya d'analyser la prémonition. De toute évidence, il faisait nuit et la femme était en danger imminent. Il était peut-être encore possible de la retrouver et de lui éviter de se faire tuer. Elle ignorait si c'était lié à l'affaire sur laquelle travaillaient Cole, Léo et Piper, mais si c'était le cas, l'aspect surnaturel de ces meurtres venait d'être confirmé.

Mais elle ne pouvait reconnaître les lieux. C'était simplement une rue de San Francisco, comme des centaines d'autres, avec un brouillard à couper au couteau empêchant de reconnaître le moindre détail qui permettrait de la situer. Elle se concentra donc sur la femme, essayant de se rappeler des éléments qui l'aideraient à l'identifier. Il y avait l'uniforme. Phoebe ne le connaissait pas, mais si elle parvenait à savoir à quoi il correspondait, cela avancerait sérieusement son enquête. Elle portait un chemisier bleu marine d'un style campagnard avec une ganse dorée autour du col et des manches, ainsi qu'une jupe rouge avec un imprimé marine assorti au chemisier. Ses chaussures étaient des mocassins noirs et confortables avec quelques taches blanchâtres sur le dessus. C'était sans doute une serveuse. Les taches devaient être des éclaboussures de nourriture, peut-être de la sauce tartare ou un consommé de clams. *Un restaurant de poissons ?* pensa-t-elle. *Pourquoi pas ?*

Dans la mesure où San Francisco était bordé sur trois côtés par de l'eau, ces indications ne l'avançaient pas beaucoup. Sur la femme elle-même, Phoebe n'avait pas beaucoup de détails. Ses cheveux étaient noirs, ainsi que ses yeux, et elle avait un teint olivâtre. Sans doute était-elle originaire d'Amérique latine ou du Moyen-Orient, et elle devait avoir dans les vingt-cinq ans environ.

Tant d'inconnues, encore ! Phoebe aurait aimé demander de plus amples renseignements, mais son pouvoir ne fonctionnait pas ainsi. Elle prenait ce qu'on lui donnait et essayait de sauver des innocents quand c'était possible. Une chose était certaine : cela ne servait à rien de rester plantée là. Elle lâcha donc le parcmètre et se dirigea vers son lieu de rendez-vous.

CHAPITRE 7

Cette fois, Paige ne se compliqua pas l'existence avec les transports publics. Elle trouva un coin tranquille dans les toilettes du bureau et se téléporta directement à la maison. Pendant un court instant, elle se demanda comment elle expliquerait sa présence à la maison en plein milieu de la journée si quelqu'un s'y trouvait. Même si elle était certaine que Piper serait au club. Phoebe, en revanche, avait un entretien d'embauche et pouvait très bien déjà être de retour. Sans oublier Léo et Cole dont les allées et venues étaient pour le moins imprévisibles. Paige ouvrit la porte d'entrée et la referma en la claquant très fort.

— C'est juste moi ! cria-t-elle pour faire bonne mesure. Il y a quelqu'un ?

Comme il n'y eut pas de réponse, elle monta l'escalier. *J'ai déjà vu ce film*, pensa-t-elle. *Je rentre dans sa chambre sans problème, mais juste au moment où je découvre ce que je suis venue y chercher, quelqu'un me découvre. Suit une scène horrible, un échange de paroles blessantes... Bref, l'horreur totale !*

Elle s'arrêta devant la porte de Phoebe. *Je ne devrais pas être là*, pensa-t-elle. *Je devrais tourner les talons et repartir, retourner au bureau et oublier ce qu'a dit Timothy. Que sait-il, au juste ? Que peut-il savoir à notre sujet ?*

Mais elle ne parvint pas à se montrer raisonnable.

Elle frappa deux fois à la porte, doucement d'abord puis plus fort. Au cas où… Frapper à la porte d'une sœur ? Quoi de plus innocent ?

N'entendant toujours rien, elle tourna la poignée. La porte s'ouvrit et elle entra rapidement, le cœur battant la chamade puis referma derrière elle.

La chambre de Phoebe était toujours la même : un papier peint rayé jaune et blanc, des fleurs fraîchement coupées partout, une grande fenêtre en plein soleil, agrémentée de rideaux en dentelle. Paige ne remarqua rien qui puisse ressembler à une caméra cachée ou un système d'écoute. *Je suis ridicule*, pensa-t-elle. *S'il y avait une caméra cachée, je ne pourrais pas la voir, c'est évident !* Et puis elle n'imaginait pas sa sœur voulant la surprendre en train de fouiner dans sa chambre. Ce serait assez vicieux, non ?

Malgré cela, elle se sentait terriblement mal à l'aise dans cette chambre où elle n'aurait pas dû se trouver dans de telles circonstances. *Je n'ai rien à faire ici… je n'ai rien à faire ici…* se répétait-elle inlassablement comme un mantra en traversant la pièce. Quand elle posa le pied sur une latte de bois particulièrement grinçante, elle pila sur place, comme s'il y avait quelqu'un dans la maison pour l'entendre. Puis elle continua vers la table de nuit dont elle ouvrit le tiroir.

Là, posée sur les pinces à cheveux et un tube de crème pour les mains, se trouvait une enveloppe.

Elle avait l'air ancienne et de toute évidence beaucoup plus vieille qu'elle-même. *En quoi cette lettre peut-elle avoir un rapport avec moi ?* Elle n'en avait aucune idée. Mais Timothy avait dit qu'Agnès Halliwell avait été l'amie d'une de ses ancêtres à lui et il était donc normal que cela la concerne, même si cela remontait à des lustres.

Elle était très tentée de reposer l'enveloppe et de repartir. Vraiment… Et l'idée de se prouver à elle-même qu'elle n'était pas indiscrète, qu'elle était au-dessus de ce genre de mesquinerie, était plutôt engageante. Bien sûr, la seule personne auprès de laquelle elle pourrait s'en vanter était Timothy, et comme c'était lui qui l'avait pressée de jeter un coup d'œil à cette lettre, il ne serait pas très impressionné !

A moins que ce soit une espèce de test, pensa-t-elle. *Peut-être veut-il que je revienne pour lui annoncer que je n'ai pas pu le faire. Alors il me prendrait dans ses bras, me féliciterait et je serais officiellement acceptée dans un club très spécial dont il me tendrait la carte de membre et plein d'autres trucs...*

Il ne fallut que quelques secondes à Paige pour comprendre que cela était parfaitement improbable. Elle s'assit donc sur le rebord du lit de Phoebe, ouvrit l'enveloppe et en retira la lettre qui avait l'air si vieille et fragile qu'elle eut peur de la casser en mille morceaux, comme une feuille sèche à la fin de l'automne. En l'ouvrant, elle nota que l'encre avait bruni, comme le papier, donnant à l'ensemble difficilement lisible un aspect sépia plutôt étrange. L'écriture était très irrégulière et on aurait dit qu'elle avait été griffonnée avec une plume de corbeau.

Mais après l'avoir fixée quelques instants, elle parvint à la déchiffrer plus facilement. La lettre semblait être une mise en garde adressée aux Charmed. *Etrange, je croyais qu'elles n'existaient pas encore à cette époque !* En poursuivant sa lecture, elle sentit son estomac se crisper et sa gorge se serrer. Respirer devenait presque une épreuve impossible. Elle était horrifiée par ce qu'elle lisait :

« Une sœur mourra et une nouvelle prendra sa place. Mais la nouvelle sorcière n'est pas une alliée, qu'on se le dise. C'est une traîtresse et une fois qu'elle aura gagné la confiance de la famille, cet esprit mauvais mettra en danger le Pouvoir des Trois. »

Elle parle de moi, pensa Paige. *Cela ne peut être personne d'autre. Et je parie que Phoebe la croit !*

C'était de là que provenait toute cette tension, comprit Paige. Phoebe avait trouvé cette lettre quelque part et en croyait le moindre mot. Pour une raison ou une autre, Timothy était au courant et c'était pour cela qu'il avait envoyé Paige ici : parce que Phoebe, sa sœur, qui était censée l'aimer et lui faire confiance, n'était même pas capable de confronter Paige avec ses soupçons !

Piper était sans doute également au courant. Toute la maisonnée avait été particulièrement tendue, ces derniers temps. Peut-être se disputaient-elles parce qu'elles n'étaient pas d'accord sur le moment de le lui annoncer ou sur la meilleure manière de la mettre à l'épreuve. Paige savait qu'elle n'était pas une traîtresse, mais comment le leur prouver ? Si ses sœurs étaient prêtes à croire le pire, il n'y avait sûrement pas grand-chose à faire pour les en empêcher.

En tout cas, si le but du traître était de mettre en danger le Pouvoir des Trois, comme le prétendait la lettre, c'était déjà chose faite ! Des sœurs qui ne pouvaient se parler d'une chose aussi triviale que la lettre d'une aïeule depuis longtemps décédée ne pouvaient certainement pas se faire entièrement confiance sur un champ de bataille. *Phoebe se fierait-elle suffisamment à moi pour me tourner le dos lors d'un combat contre un méchant démon friand de sorcières ?* se demanda-t-elle.

Et d'ailleurs, est-ce que moi je lui ferais confiance, après ce qu'elle vient de me faire ? Peut-être cherche-t-elle simplement une bonne occasion pour se débarrasser de moi afin de ne plus avoir à s'inquiéter d'une éventuelle trahison.

Une larme roula sur la joue de Paige et tomba sur la feuille de papier, tachant l'encre qui s'étala un peu.

Comprenant qu'elle risquait de révéler sa présence dans la chambre de Phoebe, elle renifla, plia la lettre, la remit dans l'enveloppe et replaça le tout dans le tiroir. Elle quitta prestement la chambre de sa sœur, attrapant au passage un mouchoir en papier dans la boîte sur la commode avant de refermer la porte derrière elle.

Dans le couloir, elle s'arrêta un instant pour se moucher. Elle ne s'était pas fait surprendre et s'était débrouillée comme une pro.

Mais elle ne pouvait s'empêcher de penser que cela aurait été mieux si quelqu'un avait été là pour l'en empêcher. Maintenant, il fallait qu'elle retourne au travail en sachant que toute sa vie venait juste d'être chamboulée.

Lorraine Yee ponctuait son discours en pointant un doigt sur le plan de San Francisco accroché au mur, précisant les différents sites où avaient eu lieu les meurtres. Une nouvelle photo était venue rejoindre les trois précédentes qui avaient été accrochées lors de la première réunion de la commission d'enquête. Darryl savait que s'ils ne trouvaient pas rapidement quelques réponses, il s'en ajouterait bientôt une autre. Ce meurtrier ne ralentissait pas la cadence, ne s'inquiétait pas et ne prenait aucune précaution supplémentaire. Il semblait se croire invulnérable et tuait sans prendre de pincettes. A cette idée, Darryl devenait fou. Il détestait rester ainsi enfermé dans cette pièce surchauffée qui puait la sueur et le café bouilli, à perdre son temps en vains discours alors qu'il aurait préféré arpenter les rues à la recherche de ce salaud.

— Gretchen Winter, Sharlene Wells, Julia Tilton, dit Lorraine en pointant le doigt sur chaque portrait, et hier soir Rosa Porfiro ! Nous avons une noire américaine, deux blanches et la dernière est originaire d'Amérique latine. Elles avaient entre vingt et quarante ans et se sont fait tuer à Portrero Hills, Cow Hollow, Nob Hill et

Sunset, scanda-t-elle en fixant tour à tour les membres de la commission.

Elle s'arrêta longtemps sur chaque visage, trop longtemps. C'était particulièrement désagréable et sans doute prévu ainsi. Lorraine voulait qu'ils soient sur les nerfs : c'est ainsi qu'on était le plus créatif et souvent le plus efficace. Il lui fallait de fins limiers et non des besogneux. Les deux catégories d'enquêteurs obtenaient des résultats et permettaient de boucler un dossier, mais les circonstances actuelles exigeaient plutôt de fins limiers.

— Quoi d'autre, mis à part la manière dont elles sont mortes ? Qu'est-ce que ces femmes ont en commun ? demanda-t-elle. La réponse à cette question sera notre meilleure clé pour trouver leur assassin. A moins que cette tuerie ne soit entièrement accomplie au hasard, des crimes opportunistes et rien d'autre, il y a forcément un élément qui relie toutes ces femmes entre elles. Ce n'est ni l'âge, ni la race, ni la classe sociale. Ce sont toutes des femmes, en effet. Et dois-je vous rappeler, mesdames et messieurs, que San Francisco est une grande ville avec beaucoup de femmes ? Je ne veux plus en voir une autre placardée sur ce tableau ! Compris ?

Darryl savait que le raisonnement de Lorraine était justifié. Normalement, les victimes d'un tueur en série étaient reliées par un élément commun : une caractéristique physique, un contact avec le meurtrier dans le cadre professionnel, un mode de vie qui faisait d'elles des cibles. Mais Darryl savait aussi quelque chose que Lorraine Yee et les autres membres de la commission ignoraient, et ce quelque chose jetait un pavé dans la mare de toutes les théories dites *normales* du comportement criminel.

Depuis qu'il connaissait les sœurs Halliwell, même s'il avait longtemps voulu nier leurs pouvoirs, Darryl était au courant de la sorcellerie, de la magie, d'un monde parallèle où des démons attaquaient aussi bien les sorcières que les humains. Il savait qu'il existait tout un univers surnaturel qui débordait parfois sur le quotidien de la population, y faisant des dégâts auxquels les services de police ne trouvaient pas d'explication. Leur ignorance de ces dimensions parallèles les handicapait et c'était bien dommage.

Par ailleurs, Darryl comprenait que les gentilles sorcières comme les Charmed pourraient rapidement devenir la cible d'humains, de policiers par exemple, incapables d'accepter le fait que le monde qu'ils connaissaient était plus compliqué qu'ils ne le croyaient. Les Charmed étaient déjà suffisamment menacées par les sorciers et les démons, et si les humains entraient dans la danse, les Halliwell risquaient de perdre la bataille un jour ou l'autre. Un monde sans les Charmed serait infiniment plus dangereux qu'un monde où la sorcellerie restait un secret. Alors il préférait se taire et se servir de ses connaissances calmement, quand il en avait la possibilité.

Léo avait appelé Darryl pour lui poser quelques questions concernant les meurtres et l'inspecteur se doutait bien que Piper et sa bande soupçonnaient qu'un élément surnaturel intervenait dans ces tueries. Ils menaient l'enquête de leur côté et Darryl était ravi de cette aide supplémentaire. Le plus important était de mettre la main sur ce tueur, quel qu'il soit. S'ils avaient raison de croire qu'il s'agissait d'un meurtrier surnaturel, toutes les forces de police de la ville ne suffiraient pas. Leurs pouvoirs seraient non seulement bienvenus, mais indispensables.

En attendant, lui et ces autres flics dévoués allaient continuer à approfondir les rares éléments dont ils disposaient, à l'ancienne, en faisant appel aux bonnes vieilles techniques humaines.

— Darryl ! s'impatienta Lorraine. Tu es toujours parmi nous ?

Il comprit qu'il avait perdu le fil et qu'elle avait déjà dû l'appeler une première fois.

— Oui, désolé, Lorraine, répondit-il en secouant la tête comme pour s'éclaircir les idées. Qu'y a-t-il ?

— Tu as fait plus de recherches que nous, sur cette affaire. Tu as des informations sur ces femmes. Peux-tu nous indiquer une direction à suivre pour trouver les connexions qui nous manquent ?

Il s'attendait à cette question et, pour l'instant, n'avait aucune réponse à lui offrir.

— Je crains que ce soit un peu comme tu l'as laissé entendre tout à l'heure. Milieux socioprofessionnels, voisinages, races et âges différents pour toutes ces victimes. Je n'ai rien trouvé de spécifique. Peut-être achètent-elles leur café au même endroit, font-elles une balade au parc le dimanche à la même heure, des trucs de ce genre… On pourrait de nouveau interroger leurs familles et leurs amis pour essayer d'avoir une idée concernant leur emploi du temps quotidien. Mais pour l'instant, je n'ai strictement rien dans ce domaine.

— Voilà donc le boulot pour chacun d'entre vous, aujourd'hui. Il faut que vous sachiez absolument tout sur ces jeunes femmes. Elles ont quelque chose en commun. Il faut qu'on sache quoi.

Darryl s'apprêtait à partir quand on frappa à la porte. Un policier en uniforme entra et Lorraine le rejoignit sur le seuil. Ils échangèrent quelques mots fébriles, puis il repartit et Lorraine se tourna vers son équipe avec un visage atterré.

— On a trouvé un nouveau corps, annonça-t-elle d'une voix étranglée. Allez, au boulot !

Phoebe était assise dans un bureau surchargé, en face de Michael Langdon, le président de la chaîne de librairies. C'était un type plutôt carré et doté d'une chevelure noire et épaisse qui lui dégringolait dans la nuque et sur le nez, où trônait une paire de petites lunettes rondes. Avec sa barbe, sa chemise à gros carreaux et son vieux jean usé, il ressemblait davantage à un bûcheron sorti de ses bois qu'à un intellectuel du monde de l'édition. Son bureau était encombré de hautes piles de livres et de manuscrits qui devaient représenter un vrai danger en cas de tremblement de terre. Elle reconnut quelques couvertures de livres déjà en librairie, mais en remarqua aussi certains avec des couvertures unies, envoyés par les maisons d'édition en pré-lecture pour les libraires et les critiques. Il y avait également des ouvrages en tout genre, bien plus anciens, et couverts de tant de poussière qu'on aurait pu croire qu'ils avaient toujours fait partie du bureau. Phoebe s'était rendue dans plusieurs boutiques de la chaîne dans diverses parties de la ville et elle les avait toutes trouvées très propres et bien organisées. Ce capharnaüm dans le bureau du président l'étonnait donc quelque peu.

D'abord, elle avait envisagé de résoudre le mystère de la femme en uniforme de sa prémonition, mais elle s'était ensuite dit que l'entrevue ne la retarderait que d'une heure et qu'il restait encore du temps avant la nuit. Un emploi apporterait un certain nombre d'avantages, et en particulier un salaire qui n'était pas à négliger. Même si leur grand-mère leur avait légué le manoir en toute propriété, il y avait des dépenses régulières et elle avait des scrupules à laisser Piper et Paige assumer seules ces charges.

— Est-ce que vous lisez beaucoup ? s'enquit Langdon.

Pour l'instant, le questionnaire passait du coq à l'âne, sans aucune ligne directrice. Peut-être cet homme ne faisait-il pas passer beaucoup d'entretiens ?

— J'essaie, répondit-elle, mais je suis très occupée.

Elle se rendit compte que sa réponse était illogique, car il savait qu'elle était au chômage et bien sûr, elle ne pouvait pas lui parler de ses nombreuses occupations de sorcière. Il allait se demander ce qui l'occupait tant pour l'empêcher de lire. Passait-elle son temps à regarder les feuilletons télévisés en mangeant des bonbons ?

— Et quand vous trouvez un peu de temps, qu'aimez-vous lire ?

Elle n'arrivait même pas à se souvenir du titre du livre qu'elle avait essayé de lire l'autre nuit, en attendant que Léo revienne faire son rapport.

— Des romans, et puis aussi d'autres ouvrages…

Il fallait qu'elle fasse un effort, mais elle était distraite par ses propres pensées et par l'urgence de sa prémonition.

— J'aime les livres qui m'emportent loin de mes problèmes, vers des lieux nouveaux et intéressants, ajouta-t-elle encore, pour ne pas se montrer trop avare d'informations.

— Oui, je vois… répondit Langdon en hochant la tête.

Comment savoir si elle l'impressionnait ou le terrorisait ? Il semblait se contenter d'écouter sa voix car l'expression de son visage restait inchangée. Peut-être était-il aussi préoccupé qu'elle-même et considérait-il cet entretien comme un pensum dont il fallait se débarrasser au plus vite.

— Le poste dont il s'agit est avant tout un travail d'accueil. Il faut répondre au téléphone, noter les rendez-vous avec les représentants des maisons d'édition, prendre et organiser les commandes de nos différents magasins. Ces commandes arrivent via téléphone, fax ou internet. Il faut également s'occuper de leur suivi auprès des responsables de notre entrepôt.

— Je pensais que tout cela était fait par ordinateur, fit remarquer Phoebe. L'inventaire, par exemple…

— Effectivement. Mais pas complètement, en fait. Pas encore. Nous aimons encore laisser aux gens la possibilité de prendre leurs décisions eux-mêmes au lieu de faire appel à des machines. Nous sommes peut-être rétrogrades, mais nous existons depuis 1846 et parfois nous aimons faire les choses comme elles l'ont toujours été.

Elle ne voulut pas souligner qu'ils n'avaient pas, en 1846, de téléphone, de fax ou d'internet, alors elle se tut et attendit la question suivante.

— Etes-vous souple dans vos horaires ? demanda-t-il.

C'était la question qu'elle attendait ; elle ne désirait pas un emploi où elle serait enchaînée à un bureau huit heures par jour, cinq jours par semaine parce que la vie d'une Charmed n'entrait pas dans un emploi du temps si rigoureusement parfait. Elle savait que Paige essayait de garder son poste malgré les exigences de son autre vie, mais les deux occupations étaient souvent difficiles à mener de front.

Il toussota pour s'éclaircir la gorge et continua :

— Parce qu'il y a des époques, surtout à l'approche des fêtes de fin d'année, où les bureaux restent ouverts très tard et même pendant les week-ends. Entre fin octobre et le Nouvel An, on a parfois l'impression de ne pas sortir d'ici.

Oh, pensa-t-elle, déçue. *De la flexibilité dans le mauvais sens !* Cela ne marcherait pas du tout. Que dirait-elle à ses sœurs ? « Désolée, les filles, vous vous débrouillerez toutes seules pour ce combat. Il faut que je m'assure que la boutique de Carmel aura suffisamment d'exemplaires du dernier Stephen King. »

Cela se présentait assez mal. Dommage. Cela aurait été sympa de travailler dans un environnement de livres, même si la plupart d'entre eux seraient entassés dans un entrepôt et qu'elle n'aurait sur son bureau qu'un téléphone et un ordinateur.

Mais ses sœurs et leurs besoins devaient passer en priorité.

Cela doit signifier quelque chose, pensa-t-elle. *Quand je ne me focalise pas sur cette lettre, mon subconscient leur fait toujours confiance.*

Même si rien d'autre ne résultait de cet entretien, ceci était bon à savoir.

CHAPITRE 8

— Piper !

— Ahhhhh ! C'est toi ! s'écria Piper en sursautant.

Elle venait de descendre dans la cave à vins du Club avec un bloc-notes et s'était agenouillée par terre pour compter les bouteilles de chardonnay quand Léo s'était introduit par téléportation.

— Léo ! J'ai failli avoir une attaque ! s'indigna-t-elle.

Malgré sa courte frayeur, Léo était toujours l'amour de sa vie. Elle se leva et le prit dans ses bras.

— Et puis tu ne devrais pas te trouver ici ! Imagine la cata si Max entrait ?

Max travaillait pour le distributeur qui fournissait le vin. Elle l'avait laissé au bar où il comptait les autres bouteilles, mais il y avait toujours le risque qu'il pense à quelque chose qui l'oblige à descendre à la cave.

— Désolé, Piper, dit Léo en posant un baiser sur son front. Je vais être bref, mais je pense vraiment que tu devrais laisser tomber Max pour venir avec moi.

— J'adorerais venir avec toi, mais il faut absolument que je finisse ça. Ce que vous faites est sûrement très important, mais je ne peux pas partir pour l'instant. Le P3 est pour l'instant notre meilleure source de revenus et je ne peux pas tout envoyer valser comme ça.

Elle commença à retourner à ses comptes, mais Léo la prit par les épaules et plongea son regard dans le sien. *C'est sérieux*, se dit-elle. Il affichait en effet son expression grave des grands jours, ce qu'il ne faisait que rarement.

— Bon, d'accord ! Qu'y a-t-il ?

— J'ai rendu visite à quelques Halliwell, dit-il en levant les yeux au ciel pour lui faire comprendre qu'il parlait de l'autre monde. C'était pour prendre quelques renseignements sur ta vieille tante Agnès.

— Est-ce que quelqu'un t'a encore frappé ?

— Pas cette fois. Mais ils m'ont raconté une histoire. Pas amusante du tout, d'ailleurs.

— Raconte ! Et vite, avant que Max se demande pourquoi je mets aussi longtemps pour compter quelques caisses de vin.

— C'est exactement mon intention, mais à condition que tu cesses de m'interrompre à tout bout de champ ! Voilà ce qui s'est passé : la famille, à l'époque de tante Agnès, avait appris qu'un sorcier tuait des innocents. Il y a de cela un siècle, environ. Tes ancêtres ont donc essayé de savoir de qui il s'agissait pour l'arrêter.

— Normal, intervint Piper.

— Chut ! Je continue : toutes leurs recherches les ont menés vers un seul suspect. Mais tante Agnès, qui était déjà peu appréciée à cause de son caractère impossible, était persuadée qu'ils se trompaient, que ce type ne pouvait pas être le coupable. Elle prétendait qu'il était son frère perdu de vue depuis longtemps, et qu'il ne ferait pas de mal à une mouche. Elle fit tout pour le protéger du reste de sa famille. Pendant ce temps, le nombre de victimes augmentait. Des gens disparaissaient dans tout San Francisco et même si seulement quelques corps étaient découverts, les sorcières savaient que quelqu'un tuait toutes les personnes disparues. A leurs yeux, le coupable ne faisait aucun doute.

— Il s'agissait de beaucoup de victimes ? s'enquit Piper.

— Oui, beaucoup. Finalement, après s'être mis à

dos toute la famille et avoir provoqué un malaise qui persiste encore, Agnès s'était rendu compte de son erreur. Ce type s'était fait passer pour son frère disparu, mais c'était faux. Elle reconnut son erreur auprès de sa famille mais refusait toujours de dire où il se cachait. Puis elle avait décidé de le combattre elle-même. Malheureusement, il était devenu très puissant. C'était comme s'il puisait son pouvoir de ses meurtres. Donc, plus il tuait de gens, plus il devenait puissant. D'après ce qu'a pu m'en dire ta famille, le combat a dû être terrible. Agnès a finalement gagné, même si elle est morte de ses blessures par la suite. Elle avait vaincu le sorcier et les meurtres ont cessé du jour au lendemain.

— Ce qui fait que cette vieille chipie est morte en héroïne. C'est plutôt inattendu, vu ce que Phoebe a trouvé dans le *Livre des Ombres*.

— Une héroïne, mais seulement dans la mesure où elle a résolu un problème qu'elle avait en partie créé ! protesta Léo. Souviens-toi, si elle ne s'était pas mise en travers du chemin pour commencer, la famille aurait vaincu le sorcier bien plus tôt et de nombreuses vies auraient été épargnées.

Avant qu'elle puisse répondre, Piper entendit la voix grave de Max Cooper qui appelait de la pièce voisine.

— Piper ? Vous êtes là ?

Elle jeta un coup d'œil vers Léo qui se téléportait déjà hors de la cave.

— Oui, répondit-elle quand il fut parti.

Max passa la tête par la porte. C'était un très bel homme avec une voix de ténor admirable qui lui permettait de se produire dans différents opéras plus ou moins connus.

— Je commençais à croire que vous aviez commencé une petite dégustation.

— Malheureusement non. J'ai presque terminé. Et vous ?

— Je suis prêt à prendre la commande, il ne manque plus que vous, belle demoiselle.

En plus de sa belle voix, Max avait un talent de dragueur incorrigible. Elle savait qu'il ne parlait pas sérieusement, mais cette attention n'était pas pour lui déplaire. Cela dit, il serait intéressant de voir la réaction de Max s'il apprenait que le mari de la jeune femme rôdait dans le coin, invisible.

— Commencez à remplir les papiers et je vous retrouve au bar, dit-elle. J'en ai encore pour quelques petites secondes.

— Je vous attendrai avec impatience, dit Max en lui lançant un clin d'œil coquin.

Quand ses pas s'éloignèrent, Piper ferma la porte de la cave à vin.

— Léo ! appela-t-elle à voix basse.

Il revint dans un tourbillon de lumière.

— Tu es sûre qu'il n'y a rien de plus entre vous qu'une commande de vin ? demanda-t-il pour la taquiner.

Elle leva les sourcils d'un air entendu.

— On a fini avec ton histoire ou non ? demanda-t-elle.

— Presque. Je pensais qu'il était important que je t'en parle à cause de ce sorcier qui s'était fait passer pour un frère. Ça ressemble un peu à cette mise en garde contre Paige…

— Plus précisément contre une fausse sœur, quelque part, à une certaine époque ! l'interrompit Piper. La lettre n'a pas mentionné Paige par son nom.

— Exact. En tout cas, cela pourrait corroborer un peu cette histoire.

— Cela pourrait aussi signifier que cette foldingue d'Agnès était devenue complètement obsédée par cette histoire de faux frère au point d'en perdre la boule.

— Peut-être, admit-il. Elle a dû écrire la lettre entre

le moment où elle a vaincu Timothy et celui où elle a succombé aux blessures provenant de leur combat. Le reste de la famille n'en savait rien, mais ils ont dit qu'elle était morte dans le manoir.

— Timothy ? demanda Piper.

— Oui, c'était le nom du sorcier. Ce nom te dit quelque chose ?

— Non, répondit Piper après une seconde de réflexion. Bon, maintenant sors de là, s'il te plaît, que j'en finisse avec Max. Ensuite on pourra retrouver Phoebe pour essayer d'y voir un peu plus clair.

— Tu m'appelles, O.K. ? dit Léo en posant un baiser sur le front de Piper avant de disparaître.

Elle termina rapidement son inventaire et rejoignit Max, bien décidée à se débarrasser de cette commande au plus vite afin qu'elle et Léo puissent passer à des choses bien plus importantes.

Paige sursauta quand le téléphone sonna. Installée dans la cuisine, elle essayait de comprendre ce qu'elle avait lu dans la chambre de Phoebe. Consciente d'être en retard pour le bureau, elle savait que l'affaire de M. Boone n'était pas encore résolue, mais elle n'arrivait pas à rassembler suffisamment d'énergie pour retourner travailler. L'idée que Phoebe puisse la prendre pour une espèce d'usurpatrice ou, pire, qu'elle soit en effet une fausse sœur sans même le savoir elle-même, pesait sur ses épaules comme un lourd fardeau et l'entraînait vers un profond abîme de désespoir.

A la quatrième sonnerie, elle décrocha.

— Allô ?

— Paige ? C'est moi, Timothy.

Le son de cette voix ramena une étincelle de vie en elle jusqu'à ce qu'elle se souvienne que c'était son conseil à lui qui l'avait poussée à entrer dans la chambre de Phoebe.

— Salut, dit-elle tristement. J'ai trouvé la lettre, Timothy. Celle que tu voulais que je trouve.

Elle l'avait automatiquement tutoyé. Après tout, ils partageaient déjà tant de secrets…

— On dirait que ça ne va pas fort, fit-il remarquer, l'air préoccupé.

— Tu ne sais donc pas ce qu'elle contenait ? s'énerva-t-elle. Tu as l'air de savoir tout le reste. Tu savais qu'elle se trouvait là, tu connais ce numéro de téléphone, même si je ne te l'ai jamais donné.

— J'essaie simplement de t'aider, Paige. C'est vrai que je savais, pour la lettre. Mais je pensais que c'était important. Si Phoebe ne te fait pas confiance, il faut que tu sois au courant.

— Pourquoi ?

— Tu es une des Charmed, dit-il. Vos vies dépendent les unes des autres, il faut que tu puisses compter sur tes sœurs à tout moment. Si l'une est toujours inquiète à cause de toi, s'il faut qu'elle garde un œil sur toi pendant les combats, alors elle risque de commettre une erreur. Elle se déconcentrera et si elle est hors jeu, toi et Piper serez des proies faciles.

— C'est sans doute vrai, dit-elle en se rasseyant à table avec le téléphone sans fil.

De sa main libre, elle joua quelque temps avec une tasse vide que quelqu'un avait laissée là, la faisant tourner en rond. Paige se sentait elle-même un peu comme une toupie ou comme si elle avait été piégée dans un manège fou dont elle ne savait pas comment descendre.

— Mais pourquoi sais-tu tant de choses sur nous ? ajouta-t-elle.

— Je te l'ai dit, Paige.

Il avait l'air tellement sincère qu'elle n'arrivait pas à ne pas le croire. Instinctivement, elle hésitait à aller trop loin, mais une autre force profondément ancrée en elle, indéfinissable, la poussait vers lui. Chaque fois que

Timothy lui parlait, c'était comme si sa voix évitait tous les circuits normaux pour atteindre directement son cerveau, sans aucun barrage. La manière dont elle lui faisait une confiance inconditionnelle avait quelque chose de surnaturel.

— Tu détiens des pouvoirs, poursuivit-il, et moi j'ai les miens. J'ai peut-être été mis sur ton chemin pour t'aider, pour te protéger, je n'en sais rien. C'est peut-être simplement parce que je tiens tant à toi et que je veux t'aider que j'ai la possibilité de savoir tout ça.

Comme elle aurait aimé le croire ! Elle aurait tant désiré que quelqu'un lui dise ce qu'il fallait croire puisque tout était devenu si confus. Mais avant tout, il fallait qu'elle sache en qui elle pouvait avoir confiance. Et c'était là le plus important, non ?

— Peut-être.

— Il ne faut pas que tu te laisses abattre par ça, Paige, lui dit Timothy. Il faut que tu saches ce qui se passe le plus rapidement possible et que tout cela ne soit plus qu'un mauvais souvenir.

— Tu as raison, Timothy. Mais comment dois-je m'y prendre ?

— Fais le tour de la maison, peut-être trouveras-tu d'autres affaires de ta tante Agnès. Qui sait ? Un journal, d'autres lettres, quelque chose qui te permette de comparer les écritures, pour t'assurer qu'elle a vraiment écrit cette lettre, par exemple, ou te donner des éléments qui t'apporteront un peu plus d'informations. En fonction de ça, tu sauras si elle est digne de foi ou non et tu pourras plus facilement décider quoi faire. Si tu parviens à convaincre Phoebe que la vieille était folle à lier, peut-être tout rentrera-t-il dans l'ordre entre vous ?

— Je peux toujours aller jeter un coup d'œil dans le grenier, répondit Paige.

— Ne perds pas de temps avec le *Livre des Ombres*,

cependant, car c'est sûrement là que Phoebe aura cherché en premier.

Il avait raison. Il avait tellement souvent raison que cela en devenait angoissant…

— D'accord. Je vais jeter un coup d'œil. Dois-je t'appeler quand j'aurai fini ?

— C'est moi qui t'appellerai. Bonne chance, Paige !

Il raccrocha. Elle resta prostrée assez longtemps devant l'appareil avant de le remettre à sa place. *Comment saura-t-il à quel moment m'appeler* ? se demanda-t-elle.

D'ailleurs, comment savait-il tout ça ?

Cette fois, puisqu'ils se trouvaient tous à la réunion quand la nouvelle fut annoncée, la commission d'enquête au grand complet s'était déplacée sur le lieu du crime. Arrivés au pied de Telegraph Hill dans trois voitures séparées, ils se regroupèrent avant d'aller voir le corps de la victime.

Les policiers avaient déjà délimité les lieux et un photographe prenait consciencieusement des clichés. Sur le côté, les techniciens attendaient qu'il ait terminé son travail pour attaquer une recherche systématique et minutieuse du moindre indice laissé par le tueur.

Une fois de plus, la victime était une femme.

— Karen Nakamura, annonça l'un des flics en uniforme. Cinquante-cinq ans, d'après son permis de conduire. Elle habite dans l'un des appartements de Kearny Street, avec vue sur la mer.

Ce qui voulait dire qu'elle devait avoir quelques moyens, car ces appartements étaient hors de prix.

Darryl enfila des gants jetables en latex et s'accroupit à côté de la victime. Il était avant tout un policier et devait mettre de côté toute émotion pour ne se concentrer que sur des faits, sur des éléments tangibles et objectifs : traces de coups provenant d'une lame indéterminée, comme pour les précédentes victimes, des traces humides sur ses vêtements de haute couture.

Mains Moites avait encore frappé.

— Tu as remarqué la différence ? lui demanda Monroe Johnson.

Darryl regarda autour de lui. Une rue calme, pas de témoin apparent, un cadavre de femme. Il était sur le point d'admettre qu'il n'en voyait pas, quand il se rendit compte de ce qui était différent.

La rue était prise de brouillard, mais il faisait encore jour. Les autres meurtres étaient tous arrivés la nuit.

— Il fait jour, dit-il doucement.

Johnson acquiesça :

— Exact. Le type devient plus culotté… ou plus impatient.

— Ou les deux !

— Il accélère également la cadence, ajouta Lorraine derrière eux. Cette fois, il n'a même pas attendu vingt-quatre heures, comme avant. La pulsion meurtrière était trop forte pour pouvoir y résister. Il fallait qu'il fasse une autre victime. Celle-ci aura peut-être relâché un peu sa tension, à moins qu'il ne frappe encore une fois cette nuit.

— Il faut qu'on mette ce type à l'ombre, déclara Stephanie en se joignant à eux.

— C'est exactement ce que je vous ai dit tout à l'heure ! fit observer Lorraine. Qu'est-ce qu'on fiche encore ici ?

— Est-ce que les agents ratissent le quartier ? lui demanda Johnson.

— Oui, ils nous feront signe dès qu'ils auront le moindre élément. Nous ne pouvons pas laisser le nombre de victimes augmenter. C'est allé beaucoup trop loin. C'est inadmissible !

Darryl eut une vision éphémère et particulièrement déplaisante de la Villa Gates où les flots de l'inondation avaient fait remonter les restes d'au moins cinquante victimes de meurtres. Pris par le piétinement de cette affaire, il n'avait pas consacré beaucoup de temps ni d'attention à ce charnier. Des squelettes centenaires apportaient peu d'indices et les témoins de crimes perpétrés cent ans plus tôt ne couraient pas les rues. Il y avait certes des gens qu'une réponse soulagerait : les descendants des victimes, dont les familles n'avaient jamais su ce qu'il était advenu de leurs chers disparus. Des funérailles avec des cercueils vides, des questions sans réponses…

Mais Darryl était certain que celui qui avait tué ces cinquante personnes n'était plus une menace aujourd'hui. En revanche, il fallait qu'il retrouve Mains Moites avant que le nombre de victimes contemporaines n'atteigne celui du charnier de la Villa Gates.

— Scobie, Payzant, vous allez travailler sur l'affaire Nakamura ! ordonna Lorraine. Trouvez-moi le maximum d'infos sur elle : d'où elle venait, où elle se rendait… Avait-elle une famille ? Un mari ? Un amant ? Prenez contact avec eux. Voyez si elle avait un boulot, une voiture, un chien… Il faut qu'on sache tout sur tout !

— Entendu, répondit Leonard Scobie.

— Et vous autres, vous savez ce qui vous reste à faire ! ajouta Lorraine. Je veux tous les éléments sur ce type avant la tombée de la nuit. Il va encore tuer et je veux me trouver sur les lieux pour l'arrêter avant qu'il ne frappe encore !

CHAPITRE 9

Cole était allé faire un tour dans le quartier de Tenderloin pour jeter un coup d'œil à l'immeuble dont lui avaient parlé Piper et Léo. Il ne fut pas difficile à trouver : les cordons jaunes de la police barraient toujours les fenêtres et les portes aux regards des indiscrets. Et puis le bâtiment voisin était toujours hérissé d'échafaudages, témoins des travaux de rénovation qui avaient provoqué l'inondation de la cave et la découverte macabre. Une odeur âcre de moisi émanait de la Villa Gates, sans doute due à l'eau croupie, et probablement mélangée aux effluves des ossements vieux de près d'un siècle.

Une fois le site retrouvé, il l'observa du mieux qu'il put avant de se diriger vers la mairie, à quelque distance de là. Tenderloin était l'un des quartiers les plus pauvres de San Francisco où se réfugiaient les plus démunis, les paumés en tout genre et tous ceux qui vivotaient en marge de la société. D'ailleurs, certains matins, on aurait dit qu'il y avait plus de personnes logées dans la rue que sous les toits des immeubles voisins, plutôt insalubres. A quelques centaines de mètres de là, d'extraordinaires bâtiments s'élevaient avec magnificence, tellement incongrus en ces lieux qu'on les aurait crus importés des capitales de l'Europe.

Cole finit par atteindre l'imposante mairie, véritable chef-d'œuvre inspiré de la Renaissance française. Il gravit rapidement les marches en marbre, baissant la tête dans l'espoir de ne pas être reconnu par d'anciens collègues.

Une fois arrivé à la salle des archives, il put se détendre. Dans la mesure où le personnel ici changeait très souvent, il y avait peu de chances que quelqu'un se souvienne de lui. Il attendit quelques minutes devant le comptoir et une ravissante jeune femme asiatique apparut, le gratifiant d'un sourire éblouissant. Elle portait un petit chemisier de soie rouge très ajusté et un pantalon noir particulièrement moulant. Cole se demanda comment elle pouvait tenir en équilibre sur des talons aussi hauts, certainement peu confortables, mais qui la grandissaient de quelques centimètres.

— Je m'occupe de vous tout de suite, dit-elle sur un ton enjoué.

Il émanait d'elle un parfum exotique légèrement musqué qu'il ne reconnut pas. Il l'imaginait difficilement sur Piper, mais sur la jeune femme, il était simplement exquis.

— Prenez tout votre temps, répondit-il en souriant à son tour.

Elle se dirigea vers son bureau, prit le combiné, appuya sur une touche pour obtenir une ligne. Après une brève conversation à propos d'une recherche qu'elle avait faite pour l'interlocuteur, elle raccrocha.

— Excusez-moi, dit-elle. En quoi puis-je vous aider ?

Il inscrivit l'adresse de la Villa Gates sur un bout de papier et le lui tendit.

— Il me faudrait les noms des propriétaires successifs de cet immeuble.

Elle y jeta un coup d'œil.

— Pas de problème. Vous faut-il également celui du propriétaire actuel ?

— Non. Disons entre 1880 et 1910.

Elle considéra un instant le papier et lui lança un regard étrange.

— Bon, d'accord. Vous n'êtes pas trop pressé, j'espère ?

— Je peux attendre un instant, répondit Cole en regardant autour de lui.

Il n'y avait pas de chaise, mais il allait se débrouiller.

— C'est entendu.

Elle prit le papier et disparut dans les archives.

Vingt-deux minutes plus tard, elle revint avec un mince dossier d'aspect vieillot.

— Toujours là ? dit-elle. La plupart des gens abandonnent quand ça prend plus de cinq minutes.

— C'est parce qu'ils regardent trop la télé. Les clips de MTV n'encouragent pas la patience.

Elle rit et posa le dossier sur le comptoir.

— Vous avez sans doute raison, dit-elle en l'ouvrant. Bon. L'immeuble auquel vous vous intéressez semble avoir une histoire plutôt tourmentée. Il a été construit par un nommé Herman Gates, qui est mort sans laisser de testament. Comme il n'avait pas d'héritier et qu'il devait une petite fortune à la ville sous forme d'impôts et autres taxes, la ville voulut en prendre possession. Comme l'Etat s'y intéressait également, il y eut des tractations, mais la ville a fini par gagner.

Elle se pencha vers lui et caressa un instant la couverture du dossier. Cole commençait à croire qu'elle avait d'autres intentions que de simplement aider un brave citoyen à trouver des archives. Il y avait eu une époque dans sa vie où il aurait été plus qu'intéressé par ce genre d'approche, mais maintenant il vivait avec Phoebe et il n'avait d'yeux que pour elle.

— Le proprio avait déjà loué une partie de l'immeuble sous forme d'appartements et la ville s'est simplement contentée de diviser également la partie qu'il habitait pour louer encore plus de logements. Ensuite, ils ont embauché un directeur pour… gérer les lieux, je suppose. Mais comme je ne savais pas dans quel but vous aviez besoin de ces renseignements, j'ai également pris le nom des locataires. Heureusement que c'était la ville qui en était propriétaire, sinon ces listes n'existeraient pas, dit-elle d'une voix chaude et un peu rauque. Hum ! Mais… c'est votre jour de chance, car nous les avons ! ajouta-t-elle en plongeant son regard dans celui de Cole.

Il déglutit avec quelque difficulté.

— Euh… je suis surtout intéressé par un appartement en sous-sol.

— C'est très rare, à San Francisco. Moi j'habite au quatrième et quand on se penche à la fenêtre, on peut apercevoir Alcatraz.

— Ce n'est pas très gai, répondit-il, nerveusement. Savez-vous qui occupait l'appartement du sous-sol à cette époque ?

La jeune femme soupira et ouvrit le dossier.

— Flora Jackson jusqu'en 1901. Puis Hans Schieffel pendant quelques mois. Il est mort. Après 1901… oh, voilà qui est intéressant.

— Quoi donc ?

— Le dernier occupant était un certain Timothy McBride. D'après une petite note, il a simplement disparu en 1904. Comme il avait payé son loyer en avance, on ne peut pas dire qu'il est parti pour laisser une ardoise. Un jour, il est simplement sorti et n'est plus jamais revenu. Après ça, les autres locataires ont souvent déménagé et la ville a eu des difficultés à louer les appartements. Ils ont mis l'immeuble en vente en 1911, simplement pour éponger les pertes.

— Personne n'a donc vécu dans l'appartement du sous-sol après ce McBride ?

— C'est en tout cas ce qu'indiquent ces archives. Jusqu'à ce qu'un certain William Levine achète le bien en 1912, mais ça, c'est après la période qui vous intéresse.

— C'est exact, dit Cole. Vous avez été très efficace, je vous remercie.

Elle battit des cils, un truc qu'il croyait disparu avec les vieux films des années quarante. Ça lui allait plutôt bien.

— Vous pourriez passer chez moi, plus tard, proposa-t-elle. Vous ne seriez pas obligé de regarder Alcatraz, mais je pourrais vous montrer le paradis sur Terre.

— Voilà une offre très généreuse, répondit Cole, gêné. Mais mon cœur est déjà pris.

Elle fronça les sourcils.

— Si vous saviez combien de fois par jour j'entends ça !

Cole se retira rapidement, tête baissée jusqu'à la sortie. Par chance, il n'avait croisé personne. Cette entrevue avec l'archiviste avait été particulièrement embarrassante et n'avait pas beaucoup fait avancer son enquête. Au moins disposait-il d'un nom. Timothy McBride, parti sans laisser d'adresse, pouvait être considéré comme un suspect parce qu'il avait disparu sans prévenir personne. Le fait que cet appartement n'ait jamais pu être reloué par la suite était sans doute un autre élément intéressant. Cole avait suffisamment d'expérience pour croire que certains humains, même très rationnels, avaient dû ressentir de mauvaises vibrations sur le site de tant de crimes. Presque personne n'aurait pu être à l'aise dans cet appartement, si ce n'est le tueur lui-même, qui devait s'y sentir comme chez lui.

Mais il n'avait toujours aucun moyen de retrouver la trace de ce bonhomme, aucune idée de l'endroit où il aurait pu aller après avoir laissé ce charnier derrière lui. Cole ignorait si cela allait le mener quelque part, mais il serait bon qu'il en parle avec Piper et Léo. Mais d'abord, il voulait retrouver Phoebe pour savoir comment s'était passé son entretien. D'ici là, ils trouveraient peut-être d'autres renseignements, d'autres pièces du puzzle.

Suivant le conseil de Timothy et sans trop savoir pourquoi, Paige décida de se rendre au grenier pour voir si elle y dénicherait d'autres traces de cette tante Agnès. En montant l'escalier, elle avait l'impression que ses jambes étaient lestées de plomb. C'était comme s'il existait mille raisons pour laisser tomber toute cette affaire, et aucune pour l'encourager à continuer.

En fait, il y avait une raison : elle voulait prouver qu'elle était vraiment une Charmed, fidèle à la famille et à leur mission. Si toute cette histoire était arrivée à l'époque où elle venait de faire la connaissance de Phoebe et de Piper, elle aurait été ravie de saisir l'occasion pour laisser tomber ce qui semblait être devenu son destin. Mais maintenant, elle était engagée. Elle y était plongée jusqu'au cou, que ses sœurs le veuillent ou non.

Quand elle était encore au collège, avant que sa nature rebelle ne la mette en conflit avec ses parents, ils s'étaient un jour tous rendus en famille au centre commercial. Mais son père avait ses propres courses et sa mère voulait faire un tour dans certaines boutiques que Paige trouvait particulièrement barbantes. Ils l'avaient donc laissée se promener toute seule à condition de la retrouver à l'entrée du centre à une certaine heure. La liberté lui avait d'abord donné des ailes, mais après quelque temps, la solitude l'avait submergée. Puis elle s'était rendue à l'endroit où elle pensait devoir retrouver ses parents, mais ils n'y étaient pas. Elle les avait attendus très longtemps, avec un sentiment de profond malaise. Les passants lui semblaient de moins en moins intéressants et plutôt glauques. Paige avait même commencé à se demander si ses parents ne l'avaient pas abandonnée quand son père était enfin apparu, dans tous ses états. Elle s'était trompée d'entrée et ils l'attendaient à un autre endroit depuis plus d'une demi-heure, fous d'inquiétude.

Maintenant, elle commençait à ressentir la même chose vis-à-vis de ses sœurs. Elle avait l'impression qu'elles l'abandonnaient en ne lui faisant pas confiance et en refusant de lui en parler.

Quand elle ouvrit la porte du grenier, Paige se sentit envahie par une nouvelle vague de découragement. C'était la réserve de tout ce que les descendants de Melinda Warren avaient laissé derrière eux. Caisses, étagères, bureaux, armoires, cartons à chapeaux, malles, valises et d'innombrables boîtes de rangement. Dans la mesure où aucun de ces objets n'était désigné par une flèche en néon fluo épelant AGNES en lettres majuscules, Paige ne savait pas par où commencer. Et chaque minute qu'elle passait ici en recherche infructueuse était une minute de plus sur le compte de la mauvaise humeur de M. Cowan. Cela faisait plus d'une heure qu'elle aurait dû appeler et il devait se demander où elle pouvait bien être.

Ça, au moins, elle pouvait y remédier. Elle tendit une main en disant « téléphone » et l'appareil vint se poser sur sa paume. Elle composa aussitôt le numéro de la ligne directe de son patron.

— Monsieur Cowan, Paige Matthews à l'appareil.

— J'ai déjà entendu ce nom quelque part, grommela-t-il. C'est exact, il y avait en effet une Paige Matthews qui travaillait ici, autrefois, mais elle…

— Je suis désolée de ne pas vous avoir appelé plus tôt, monsieur, l'interrompit-elle. Je suis rentrée pour déjeuner et j'ai soudain commencé à avoir des vertiges. Je me suis allongée et je viens juste de me réveiller. J'ai de la fièvre et j'ai bien l'impression d'être… malade.

— Vous avez en effet une petite voix, admit-il.

Elle ne s'était pourtant pas forcée à se donner un air malade. C'était l'angoisse provoquée par cette lettre de tante Agnès qui devait transparaître dans sa voix.

— C'est parce que je me sens extrêmement fatiguée, mais je suis certaine que demain j'irai mieux si je peux dormir encore un peu.

Elle pouvait l'imaginer en train de tirer sur son bouc en parlant, une habitude qu'il avait quand il était particulièrement furieux ou nerveux. Parfois, elle se demandait par quel miracle il lui restait encore des poils au menton.

— Soyez là à l'heure ! aboya-t-il... Ou ne revenez plus du tout !

Ça s'est plutôt bien passé, pensa-t-elle avec une grimace ironique. *C'était à prévoir, de toute façon*. Elle renvoya le téléphone à sa place et s'attaqua à la première boîte.

Au bout de quelques cartons, elle avait développé une stratégie : elle entrouvrait la boîte et évaluait en un coup d'œil l'âge approximatif de son contenu. Il y avait une quantité infinie d'objets on ne peut plus variés et elle aurait aimé passer plus de temps à les étudier. Elle avait l'impression de vivre un petit Noël dans une boutique d'antiquités, avec l'avantage qu'il n'y avait aucune étiquette de prix sur les boîtes. Mais là, elle n'avait pas le temps de chiner, elle avait un but bien précis. Graduellement, elle arriva à la conclusion que les boîtes en carton étaient davantage liées au milieu ou à la fin du XXe siècle alors que ce qu'elle recherchait remontait bien plus loin dans le temps. Elle s'intéressa donc à des emballages plus anciens.

Finalement, elle mit la main sur ce qu'elle cherchait : une vieille malle assez abîmée, dont le verrou était rouillé mais ouvert. Elle repoussa le couvercle en arrière et découvrit, tracé d'une fine écriture à la plume, le nom d'AGNES HALLIWELL inscrit sur le revers. La ressemblance de l'écriture avec la lettre vue dans la chambre de Phoebe était flagrante et le cœur de Paige fit un triple bond.

A l'intérieur de la malle, elle trouva un châle de dentelle blanche en parfait état. En dessous, enveloppées dans une espèce de papier de soie qui s'effrita dès qu'elle le toucha, deux blouses couleur vanille. Il y avait également un coffret en bois dans la malle, que Paige prit pour une boîte à bijoux avant de l'ouvrir. Mais ce n'était pas cela du tout ! Elle y trouva une boule de cristal, plusieurs bougies, deux bocaux de verre contenant des restes poussiéreux de plantes, un mortier en bois, ainsi que plusieurs cristaux enveloppés dans un carré de soie. La collection privée d'accessoires magiques de tante Agnès. En dépit des bouleversements que cette femme avait provoqués, Paige sentit à cet instant une puissante connexion avec Agnès. Elle referma le coffret et fouilla le reste de la malle, essentiellement des vêtements qui avaient dû connaître des jours meilleurs. Puis, glissé entre deux pulls usés, elle découvrit un autre objet intéressant : un magnifique miroir à main, bordé de coquillages dorés dont le dos représentait une délicieuse scène pastorale. Paige ne pouvait s'empêcher de se regarder dans la glace dont l'éclat et la limpidité étaient étonnants, vu son ancienneté.

Tout à coup, elle entendit la sonnerie du téléphone. Se rappelant qu'elle était censée être au lit et malade, elle fit revenir le téléphone dans sa main.

— Paige à l'appareil, dit-elle en feignant cette fois un air malade.

— C'est Timothy. Tout va bien ?

— Comment tu arrives à faire ça ? Je viens juste de finir de fouiller la malle de tante Agnès.

— Et qu'as-tu trouvé ? Des éléments utiles ?

— Non, pas vraiment. Ses vieux accessoires de magie,

quelques vêtements et un adorable petit miroir. C'est à peu près tout.

Timothy resta silencieux un instant et, quand il reprit la parole, sa voix avait un ton qu'elle ne lui connaissait pas. Il semblait mal à l'aise, inquiet.

— Paige, je préférerais ne pas avoir à te dire cela, mais je crois que tu cours un grave danger, là-bas.

Elle éclata de rire, puis se rendit compte qu'il avait eu l'air terriblement sincère et qu'elle l'avait peut-être vexé.

— Excuse-moi, Timothy. Mais en danger ? Ici ? Mais pour moi, c'est l'endroit le plus sûr au monde !

— Tu te trompes. Si tu pouvais avoir confiance en tes sœurs et si elles avaient confiance en toi, alors ce serait en effet le cas. Mais jusqu'à ce que tu puisses les convaincre que tu es vraiment leur sœur et non un imposteur ou une traîtresse, cet endroit n'est pas recommandé, pour toi. En cas d'attaque démoniaque, elles ne sauraient pas dans quel camp tu te places. Elles te combattraient tout autant que les démons. Quelqu'un pourrait être sérieusement blessé et je crains que ce ne soit malheureusement toi.

En d'autres termes, Piper et Phoebe risquaient de se retourner contre Paige si elles étaient convaincues de la véracité du contenu de la lettre de tante Agnès ! Elle n'en croyait pas un mot, mais devait admettre que le fait d'avoir trouvé la même écriture sur le coffre ajoutait du poids à l'authenticité de la lettre.

— Que devrais-je faire, selon toi ? demanda-t-elle.

— Retrouvons-nous et parlons-en de vive voix, offrit Timothy. Il y a forcément une solution, j'en suis certain, et en attendant, je peux te protéger.

Paige y réfléchit une dizaine de secondes. Ce ne serait pas désagréable de revoir Timothy et il s'était vraiment montré adorable pendant toute cette histoire. Et puis, il semblait tellement rassurant que Paige se sentait capable de surmonter tous ces tourments avec lui à ses côtés.

— Où es-tu ? demanda-t-elle.

— Retrouve-moi au Golden Gate Park, près du moulin hollandais. D'ici une demi-heure, ça te va ?

— Entendu. J'y serai.

— Oh, Paige ! ajouta-t-il avant qu'elle ne raccroche. Apporte aussi le miroir de tante Agnès.

— Le miroir ? Pourquoi ?

— Je voudrais essayer quelque chose, avec. Je crois qu'il pourra nous aider.

Paige haussa les épaules.

— Comme tu voudras. C'est d'accord. A tout à l'heure !

Elle raccrocha et renvoya le téléphone à sa place, puis reprit l'adorable miroir. C'était la première fois qu'elle se sentait un peu mieux depuis la découverte de la lettre. Au moins allait-elle faire quelque chose, prendre des mesures pour mettre au clair toute cette histoire complètement dingue.

Et elle savait qu'elle pourrait compter sur Timothy.

Eh bien, cela aurait pu être pire ! pensa Phoebe en quittant les locaux où s'était déroulé son entretien d'embauche. Après avoir continué à la questionner quelques instants, Michael Langdon l'avait emmenée dans l'entrepôt pour lui montrer ses installations. Mais il y avait une telle poussière, là-bas, qu'elle n'avait pu s'empêcher d'éternuer à tout bout de champ. Il avait fini par la raccompagner au bureau où il lui avait offert des mouchoirs en papier et un verre d'eau. Ensuite, il s'était précipité vers un placard, en avait sorti une bombe de désinfectant en aérosol, dont il avait copieusement aspergé tous les objets que Phoebe aurait pu toucher.

— Je ne peux pas me permettre de tomber malade, avait-il déclaré.

— Mais je ne suis pas malade, avait-elle protesté. C'est seulement toute cette poussière !

— Tout de même. Il vaut mieux ne pas prendre de risques.

Une fois l'éternuement calmé et l'aérosol à moitié vide, il lui avait promis de la rappeler avant de la raccompagner à la porte.

Phoebe eut le sentiment qu'elle ne reverrait jamais cet endroit et en fut soulagée.

Dès qu'elle atteignit la Jeep, Léo et Piper apparurent devant elle.

— Salut ! Vous êtes venus voir l'endroit où je ne travaillerai jamais ?

— Nous avons des nouvelles, annonça Piper. Mais nous pensons qu'elles sont plutôt mauvaises.

— A quel sujet ? demanda Phoebe.

— Au sujet de tante Agnès, pour commencer. Est-ce qu'on pourrait aller dans un endroit un peu plus calme pour en parler ? demanda-t-elle en jetant un regard désapprobateur à la circulation dense de voitures et de piétons.

— Je devais retrouver Cole au City Brew pour m'offrir un cappuccino de célébration ou de consolation, selon le cas. Mais je pense que ce sera mon lot de consolation…

— Tu crois qu'il s'y trouve déjà maintenant ? demanda Léo.

Phoebe jeta un coup d'œil à sa montre.

— Il devrait.

— Alors, laisse la voiture, dit-il. C'est moi qui conduis.

Un tourbillon de lumière plus tard, ils se tenaient tous trois devant le City Brew. Cole les vit arriver et prit immédiatement Phoebe dans ses bras.

— Comment ça s'est passé ? demanda-t-il en posant un tendre baiser sur ses lèvres.

Elle préférait largement le baiser à la réponse qu'elle allait devoir lui donner.

— Ce n'était pas terrible. Mais je te donnerai tous les détails scabreux plus tard. Apparemment, il y a plus urgent en perspective et il y a quelque chose dont nous devons nous occuper cet après-midi.

Elle n'avait pas oublié la femme de sa vision, qu'ils devaient encore retrouver avant la tombée de la nuit, déjà très proche.

Le City Brew était un café de quartier, très animé le matin, mais bien plus calme dans l'après-midi. La décoration était assez éclectique, avec un mélange très réussi de chaises en tout genre et quelques canapés plus confortables répartis aux quatre coins de la salle. Ils passèrent leur commande et allèrent s'installer autour d'une table, loin des autres clients.

— Voilà en quelques mots ce que j'ai découvert, dit Léo une fois qu'ils furent assis. Agnès se disputait avec la famille car elle prenait la défense d'un sorcier du nom de Timothy, qui assassinait des innocents et lui faisait croire qu'il était vraiment son frère. Quand elle s'est rendu compte qu'il la menait en barque, elle l'a provoqué en duel et l'a vaincu. Mais durant la bataille, il l'a blessée à mort. Fin de tante Agnès, fin de l'histoire.

— Pas vraiment, intervint Cole.

— Ah bon ? Comment ça ? demanda Phoebe qui attendait que son cappuccino refroidisse pour le boire.

— Parce qu'à moins qu'il ne s'agisse d'une incroyable coïncidence, notre Timothy réapparaît.

— La Villa Gates, dans Tenderloin ?

Cole acquiesça.

— Un certain Timothy McBride y avait loué l'appartement du sous-sol. Il a disparu sans laisser de traces alors qu'il avait payé son loyer en avance. Après sa disparition, personne d'autre n'a voulu louer cet endroit ni aucun autre appartement dans cet immeuble. La ville a dû revendre le bâtiment.

— Et c'est là qu'on a trouvé tous ces corps, dit Piper en léchant la mousse qui perlait sur ses lèvres.

— Exact, répondit Cole. Je suppose que c'est à cause de ces cadavres que notre vieux Timothy n'est pas allé récupérer sa caution.

— Ça et le fait que tante Agnès l'avait éliminé, ajouta Phoebe. C'est difficile de faire suivre son courrier outre-tombe. Alors voyons si j'ai tout compris : Agnès était impliquée dans une affaire comme celle qui est évoquée dans la lettre que nous possédons. Lettre dont elle serait l'auteur. Sauf que dans le cas en question, c'était elle qui était tombée dans le piège du faux frère. Ce faux frère en question était ce Timothy je ne sais qui… qu'elle a finalement vaincu. Malheureusement, elle est sortie du combat mortellement blessée. Et il ne faut pas oublier que pendant tout ce temps, il massacrait tranquillement une cinquantaine de personnes qu'il enterrait gentiment sous son appartement.

— C'est d'ailleurs pour cette raison que notre famille le poursuivait, ajouta Piper. Parce qu'à cette époque déjà, les Halliwell protégeaient les innocents et que notre bonhomme en question trucidait des innocents.

Agacée par cette interruption, Phoebe reprit :

— Et maintenant, par pure coïncidence, nous recevons une lettre qui nous met en garde contre le même genre de situation, et nous pensons…

— *Tu* penses, l'interrompit encore Piper.

— … certains d'entre nous pensent que cette lettre peut éventuellement faire référence à Paige. Au même moment, les cadavres des victimes de ce Timothy refont surface, un siècle plus tard. Et en plus, au même moment, il y a un meurtrier qui rôde dans San Francisco et tue des femmes.

— Ça aussi, ça pourrait être une coïncidence, fit remarquer Léo. Mais je ne le crois pas.

— Moi non plus, admit Cole. On dirait que Timothy, le vieux copain d'Agnès, est de retour.

— Est-ce que ça peut arriver s'il a déjà été éliminé ? demanda Phoebe.

— Cela dépend comment Agnès s'y était prise, quel genre de sortilège elle a utilisé, répondit Léo. La réponse la plus simple est OUI, dans certaines circonstances. Et particulièrement si elle était gravement blessée et perdait son pouvoir.

Piper leva la main pour prendre la parole, comme une brave petite écolière.

— Est-ce que vous pensez qu'on devrait aller trouver Paige ?

Cole tira un portable de la poche de sa veste et le tendit à Piper. Elle composa le numéro du bureau de Paige, parla un instant, puis raccrocha.

— Paige est à la maison, malade, annonça-t-elle en se tournant vers Léo.

— J'ai compris, dit-il avant qu'elle ne prononce un mot.

Il jeta un coup d'œil alentour pour s'assurer que personne ne les regardait et les téléporta tous au manoir. Phoebe n'avait toujours pas touché à son cappuccino.

Mais il n'y avait personne au manoir. Phoebe eut l'impression que quelqu'un était entré dans sa chambre pendant son absence, mais n'en était pas certaine. Le tiroir de sa table de nuit n'était pas poussé au fond comme elle le faisait habituellement et il y avait une légère odeur qui aurait pu être le parfum de Paige, mais trop faible pour en être sûre. Ils passèrent tous les étages au crible et, quelques instants plus tard, Piper les appela du grenier, d'une voix paniquée. Phoebe monta l'escalier quatre à quatre.

Quand ils arrivèrent en haut, Piper, le visage blême

d'inquiétude, leur montra une vieille malle ouverte au milieu de la pièce. Phoebe ne se souvenait pas de l'avoir vue, auparavant.

— C'est ça qui te met dans cet état ?

— Je l'ai trouvée ouverte, comme ça, dit-elle. Je suis pratiquement certaine que Paige est venue là.

Elle montra un gribouillis à l'intérieur du couvercle : le nom d'Agnès Halliwell.

— Oh, mon Dieu ! s'exclama Phoebe.

— C'est exactement ce que je pense ! concéda Piper.

CHAPITRE 10

— Je pense qu'il va nous falloir l'avis d'experts, déclara Léo.

Sans donner la moindre explication, il se téléporta hors du grenier, laissant les deux sœurs Halliwell et Cole sur place, tous déconcertés.

— Où est-ce qu'il va ? demanda Phoebe.

Piper haussa les épaules.

— Je suis sa femme, pas sa nounou.

— C'est un moment étrange pour disparaître comme ça ! fit observer Cole.

— Je ne sais pas si tu t'en rends compte, mais rien que le fait de disparaître tout court peut sembler étrange au commun des mortels. Nos critères sont simplement différents.

— Je ne pense pas qu'il faille s'inquiéter pour lui. Nous avons plein de choses à faire ici, dit Phoebe. D'abord il faut découvrir ce qu'il y a – ou ce qu'il y avait – dans cette malle que Paige a trouvée. Cela nous donnerait un indice sur l'endroit où elle est allée. Je me demande dans quelle mesure tout cela est lié à ce Timothy McBride… D'ailleurs, on a intérêt à faire vite sinon il y aura un autre meurtre cette nuit, si nous ne l'arrêtons pas à temps.

Piper se détourna de la malle.

— Pourquoi ? Tu as eu une vision ?

Phoebe hocha la tête avec une grimace gênée.

— Et quand allais-tu te décider à nous en parler ? s'indigna Piper.

— Hum… Maintenant.

— Tu as vraiment eu la prémonition que ce McBride allait tuer quelqu'un ? insista Cole.

— Je ne sais pas vraiment s'il s'agit de McBride, puisque je ne sais pas à quoi il ressemble. De plus, je n'ai pas bien vu l'assassin. L'ensemble était très sombre et brumeux. En revanche, je pourrais reconnaître la femme. Plutôt mignonne, le teint olivâtre, elle portait un uniforme. Comme celui d'une serveuse, par exemple.

— Mais tu n'as pas eu de vision au sujet des autres meurtres, dit Piper, même si nous pensons que c'est l'œuvre de ce même sorcier.

— C'est exact.

— Est-ce que cela signifie qu'il devient plus puissant ? Plus dangereux ? demanda Cole. Ce qui expliquerait pourquoi il apparaît sur ton radar alors que ce n'était pas le cas auparavant ?

— C'est bien possible, dit Piper. As-tu reconnu l'uniforme, Phoebe ? Ou l'endroit ? Quelque chose qui nous permettrait de l'empêcher d'agir ?

— Pas vraiment. Des taches sur les chaussures qui pourraient correspondre à du consommé de palourde. En tout cas, j'ai immédiatement pensé à des fruits de mer.

Piper leva les yeux au ciel, découragée.

— A San Francisco, il doit y avoir au moins mille restaurants qui servent des fruits de mer !

— J'ai dit que j'avais eu une prémonition, pas qu'elle allait nous aider à arrêter l'assassin, protesta Phoebe.

— Alors il faut absolument qu'on trouve McBride avant qu'il ne frappe de nouveau, déclara Cole.

Piper prit une longue inspiration, se forçant à aborder un sujet qui la tracassait depuis quelque temps.

— Il y a autre chose que nous devrions résoudre, dit-elle en fixant Phoebe avec insistance.

— Quoi ?

— Toi et moi. Nous sommes à couteaux tirés depuis que tu as eu ce rêve.

— C'est vrai, mais c'est parce que tu ne veux donner aucun crédit à cette lettre.

— Exact, admit Piper. Mais tu ne trouves pas étrange que nous ayons réagi de manière aussi violente et catégorique ? On n'arrive même pas à aborder le sujet.

— Que veux-tu que j'y fasse ? Tu as une idée ? demanda Phoebe d'un ton agacé.

— Tu vois, c'est exactement ce que je veux dire ! J'ai un mal fou à me retenir pour ne pas t'agresser. Et je parie que tu ressens la même chose.

— C'est possible…

— Et ce n'est pas uniquement à cause de Paige, n'est-ce pas ?

Phoebe réfléchit un instant.

— En effet… c'est plus… Je ne sais pas. Plus général.

— Parfaitement ! affirma Piper. Penses-tu qu'on soit sous un quelconque sortilège ? Qu'on se chamaille parce qu'on nous y force ?

— C'est tout à fait plausible, Phoebe, intervint Cole. Une explication plus logique que de penser que Piper est soudain devenue une vieille tête de… Hum, d'ailleurs, tu ne dirais pas une chose pareille.

Phoebe ne répondit pas mais se contenta de feuilleter le *Livre des Ombres*. Piper en conclut que sa sœur refusait délibérément de faire face à la situation et cela l'agaçait prodigieusement. *A moins que ce soit le sortilège qui m'agace ainsi. J'aimerais tellement savoir où j'en suis.*

— Qu'est-ce que tu fais ? demanda-t-elle finalement.

Phoebe cessa de tourner les pages et lui jeta un regard exaspéré.

— Je cherche une solution pour contrer ce sortilège.

Il y eut soudain une vibration dans l'air et Léo apparut. Il n'était pas seul. La femme qui l'accompagnait était âgée, mais projetait une certaine force. Ses épaules étaient larges, son dos très droit et ses cheveux argentés soulignaient un port de tête altier. Ses yeux étaient petits et très clairs et elle toisait les sœurs Halliwell comme si elle les dominait d'une tête alors qu'elle ne devait mesurer que trois centimètres de plus qu'elles. Piper sut aussitôt que c'était un fantôme et devinait même de qui il s'agissait.

— Nous pourrons peut-être vous aider, déclara Léo. Piper, Phoebe, je vous présente votre tante Agnès.

Piper vit ses soupçons confirmés, mais Phoebe avait l'air complètement stupéfaite.

— Mais je pensais que…

— Ha ! Vous pensiez que je refusais tout contact avec la tribu des Halliwell ! Pas vrai ma p'tite ? glapit Agnès.

Sa voix était froide et dure comme un poignard de glace.

— Euh… oui.

— Exact ! Tous des imbéciles ! Mais votre… Léo… C'est bien votre Léo ?

Piper ne savait trop que répondre à cela.

— Oui… je suppose que oui.

— Votre Léo, donc, m'a convaincue de faire un effort. Il paraît que notre Timothy McBride est de retour…

— C'est en effet l'impression que nous avons, répondit Piper.

— Quelle vermine, celui-là ! Je l'avais bien dégommé, à l'époque. Mais ça, vous le savez déjà.

— C'est pour cela que nous ne comprenons pas très bien comment ou pourquoi il est revenu, dit Phoebe.

— Ah ça… Vous me posez une colle ! Je dois avouer que je n'en sais fichtre rien ! dit Agnès. Dites-moi,

Piper, puisque vous semblez prendre plaisir à farfouiller dans mes affaires, est-ce qu'il y a un miroir à main dans cette malle ?

Piper n'avait pas spécifiquement cherché de miroir et vérifia donc.

— Je n'en vois aucun.

Agnès laissa échapper un long soupir exaspéré.

— Bon sang de bonsoir ! C'est bien ce que je craignais.

— Et si vous nous racontiez ce qui s'est passé ? demanda Léo. Que vient faire ce miroir là-dedans ? Ces jeunes femmes ont une autre sœur et nous craignons qu'elle soit également mêlée à cette histoire.

— Bon, puisque vous y tenez… Tout cela s'est passé il y a plus de cent ans, vous comprenez.

Phoebe s'adossa à un vieux bureau, s'attendant à une très longue histoire et Piper croisa les jambes pour être plus à l'aise.

Agnès resta droite comme un i. Elle portait une blouse blanche avec des plis verticaux, prise à la taille dans une longue jupe noire très sobre.

— Je n'ai pas dit que cela allait être barbant, mesdemoiselles ! maugréa-t-elle. Les événements n'ont pas besoin d'être récents pour être excitants, bon sang ! Je peux vous assurer que de l'excitant, dans ma vie, j'en ai connu plus que vous ne pouvez imaginer, bande de petits freluquets !

— Agnès… s'énerva Léo.

— Bien, bien… Je vois que la patience est une vertu démodée à votre fichue époque.

— Nous sommes simplement inquiets au sujet de notre sœur, objecta Phoebe. Et une autre femme que j'ai vue dans une prémonition. Elle aussi est en danger.

Agnès tapa du pied.

— Parfait, parfait… Puisque vous le prenez comme

ça, je passerai donc sur les étapes inutiles et irai directement à l'essentiel. A l'époque, j'avais rencontré un sorcier du nom de Timothy McBride. Il était plutôt agréable, beau gosse, bien élevé et il prétendait être sorcier. Apparemment, nous avions beaucoup de choses en commun, lui et moi. Au cours de nos conversations, je me suis rendu compte qu'il devait être le demi-frère depuis longtemps perdu de vue, un fils que ma mère avait eu après avoir perdu contact avec le reste de la famille.

— Comme Paige, interrompit Phoebe.

Agnès l'ignora et continua son récit :

— Timothy et moi avons donc conclu que nous étions forcément frère et sœur. C'est du moins ce que *moi* je croyais… Mais à la même époque, des gens disparaissaient dans toute la ville. Tout le monde était terrifié. Pas étonnant, d'ailleurs. Nous, dans la famille, pensions qu'ils étaient tués et cachés par une crapule de sorcier qui avait trouvé un moyen pour renouveler son pouvoir sans avoir à combattre les autres sorciers. Plus il tuait des gens normaux, des innocents, et plus il augmentait son pouvoir. Nous avons donc essayé de lui mettre la main dessus. C'est alors que le reste de la famille a décidé qu'il s'agissait de Timothy, *mon* Timothy !

Elle renifla avec colère, comme si elle se souvenait de cette époque odieuse.

— Pour moi, il était impensable que ce soit mon frère à peine retrouvé. C'était le type le plus adorable au monde et certainement pas un tueur. Alors, quand ils l'ont accusé, je me suis précipitée pour le défendre. Je leur ai dit qu'ils se trompaient, qu'il ne s'agissait certainement pas de lui, mais d'un autre sorcier. Ensuite, je me suis rendue chez Timothy pour le prévenir, pour lui dire de se tenir sur ses gardes. Je lui ai dit que je prendrais sa défense s'il me prouvait son innocence.

Finalement, je suis même allée plus loin que ça : je l'ai caché du reste de la famille. J'ai combattu les sortilèges de mes propres sœurs. Je l'ai protégé, planqué. Ceux de ma famille m'ont toujours haïe à cause de cela, et ils me haïssent encore à ce jour. Après tout, je m'en fiche ! Moi non plus, je ne leur ai jamais pardonné la manière dont ils m'ont traitée. Même s'ils avaient raison et que j'avais tort. C'est moche, tout ça !

A ces paroles, une terrible tristesse envahit ses yeux et Piper fut surprise, comme à chaque fois, de se rappeler que les émotions ne mourraient pas avec le corps physique d'un être. Les douleurs disparaissaient, mais les sentiments qui faisaient vraiment mal et sans doute aussi ceux qui apportaient un véritable bonheur, demeuraient aussi longtemps qu'il y avait une conscience. Elle avait appris que la mort n'était pas une fin mais une espèce de transition, et que la personne restait pratiquement la même de l'autre côté de la mort.

— Je n'ai découvert la véritable identité de cette vermine que le jour où je l'ai rejoint dans sa cachette, un appartement loué dans Tenderloin. J'essayais de localiser une sœur à l'aide d'un miroir enchanté que je possédais quand Timothy est passé derrière le miroir. Dans le reflet, je ne voyais pas l'adorable frère, mais un être torve et abject, le monstre qu'il était vraiment. Il avait trompé mes sens avec une espèce d'écran, de glamour, mais il ne pouvait pas tromper le miroir.

Ce doit être le miroir qu'elle m'a demandé de chercher, se dit Piper. *Le miroir qui aurait dû se trouver dans la malle mais qui n'y est plus. Paige a dû le prendre et l'emporter on ne sait où…*

Agnès poursuivit son histoire, la tristesse laissant place à la colère dans le ton de sa voix.

— J'ai alors compris que cet être abject… cette pourriture… m'avait manipulée, qu'il s'était servi de moi pour se protéger du reste de la famille. J'étais furieuse ! Mais quand j'ai essayé de le confronter, je ne pouvais voir que le Timothy en qui j'avais mis ma confiance, mon frère. J'étais certaine que c'était effectivement lui le meurtrier, mais j'étais incapable de me battre contre lui, comme prisonnière de l'un de ses sortilèges. En voyant que j'avais compris son odieux stratagème, il a voulu me trucider. Quelle ordure ! Il fallait que je prenne une décision et que j'agisse illico presto. J'ai donc regardé le miroir et, en me servant de la glace comme d'un outil, j'ai jeté mon sortilège à son véritable visage en passant par son reflet.

— Et vous l'avez vaincu, dit Léo.

— C'est du moins ce que je croyais, pauvre pomme que j'étais ! Quand je pense que moi, j'y ai vraiment laissé ma peau ! Sacrée dérision, non ? J'avais emprisonné son être physique dans le miroir où j'espérais qu'il resterait enfermé à jamais. Mais d'après ce que vous me dites, je me suis peut-être trompée. Un aspect de son être a dû rester en dehors et aujourd'hui, il doit probablement tenter de retrouver toute sa forme initiale, amassant du pouvoir en tuant des innocents.

— C'est bien possible, dit Léo.

— Savez-vous où nous pourrions le trouver ? L'arrêter ? demanda Phoebe.

— Alors ça ! Vu le piètre résultat que j'ai obtenu la première fois, j'ai quelque doute sur mes talents… Mais une chose est certaine…

— Quoi ? s'enquit Piper.

— Il faut absolument que vous retrouviez ce miroir avant que ce monstre ne remette la main dessus !

Darryl Morris était installé derrière son bureau, les yeux perdus dans le brouillard qu'il entrevoyait entre les lattes des rideaux vénitiens. Il y avait un vacarme incroyable dans les couloirs et le brouillard avait provoqué d'innombrables accidents sur la route. Un taxi, entrant de plein fouet dans un tramway, avait fini par percuter un boîtier électrique, plongeant le quartier dans un capharnaüm indescriptible : échange d'insultes, bagarres, et même coups de feu… on aurait dit que la population se déchaînait. Etait-ce cette soupe de poix permanente qui finissait par peser ainsi sur les nerfs des citadins ? Certains semblaient sauter sur la première occasion pour se défouler et le nombre de mains courantes déposées au commissariat devenait inquiétant.

Après s'être rendu sur la scène du crime de Nakamura, Darryl était revenu au bureau, examinant et comparant les listes des appels téléphoniques des victimes. Ses yeux se brouillaient à force de fixer ces feuilles couvertes de chiffres et une épouvantable migraine commençait à marteler ses tempes. Mais cela importait peu, il était prêt à tous les sacrifices pour mettre la main sur ce salaud avant qu'il ne fasse encore une autre victime.

Il apprit que Julia Tilton et Rosa Porfiro avaient appelé le service d'informations d'un même cinéma au cours des dix derniers jours, mais comme ce n'était pas le même jour, les chances qu'elles soient allées voir un film ensemble étaient minces. Wells, Nakamura et Winter avaient toutes les trois appelé le 555-1212 pour interroger l'horloge parlante les trente derniers jours, mais cela ne voulait strictement rien dire. Darryl l'avait également fait et l'appel était entièrement automatisé. Quatre jours plus tôt, Nakamura avait appelé un numéro que Tilton avait appelé dix-neuf jours avant cela. En vérifiant, Darryl apprit que c'était le service de réclamation pour les journaux non distribués.

Selon lui, les autres membres de la commission d'enquête avaient dû trouver d'aussi piètres résultats que lui en comparant les données concernant les victimes. Il restait une seule possibilité : le tueur frappait ses victimes au hasard des rencontres. Il n'en serait que plus difficile à démasquer.

Paige avait toujours adoré le Golden Gate Park, même quand elle était enfant. Elle y passait bien moins de temps qu'elle ne l'aurait souhaité, mais le fait de savoir qu'il était là, écrin de verdure et d'oxygène au milieu du vacarme de la ville et du béton, lui apportait une certaine sérénité. Elle appréciait ses musées, l'immobilité du jardin japonais, la richesse des serres, elle aimait regarder les barques sur le Spreckels Lake, ou simplement déambuler dans les chemins sinueux ou les prairies. La variété des espèces d'arbres poussant sur ces quelques hectares était étonnante : des chênes géants aux eucalyptus importés, en passant par les énormes cèdres rouges dont les branches semblaient atteindre les nuages.

Le brouillard arrivait de l'océan par grosses nappes et Paige fut contente d'avoir enfilé sa veste de cuir. La brume était si dense qu'on apercevait à peine le dôme de l'un des moulins à vent qui avaient été construits en 1903 pour irriguer ce qui n'était alors qu'une énorme dune de sable battue par les vents du Pacifique. Les tulipes et les jonquilles n'étaient pas encore en fleur, mais les rhododendrons explosaient en grappes de couleur d'une vivacité presque indécente dans le gris environnant.

Mais elle ne pouvait toujours pas voir Timothy. Elle fit quelques pas autour des parterres fraîchement binés. Il faisait tellement froid qu'aucun promeneur ne venait se hasarder dehors, à cette heure. Un instant, elle crut apercevoir quelqu'un sur le balcon en bois qui faisait le tour du moulin, quelques mètres plus haut, mais la brume se déplaça en s'effilochant. Tant pis. Elle avait dû se tromper, ce n'était que le fruit de son imagination…

En tout cas, pensa Paige, *Golden Gate Park est un endroit affreusement sinistre quand il n'y a personne* !

— Timothy ? appela-t-elle en espérant qu'il soit tout près, caché derrière les traînées de brouillard. Où es-tu ?

Une minute passa, peut-être même plus, avant qu'il ne réponde sur un ton curieusement froid et distant :

— Là, derrière les arbres !

Elle se tourna vers l'endroit d'où semblait émaner la voix, un épais bouquet d'arbres de l'autre côté des massifs de fleurs qui entouraient le moulin. Scrutant les troncs et les branches basses, elle aperçut enfin une forme ovale et blanchâtre qui devait être le visage de Timothy.

— Que fais-tu là-bas ? demanda-t-elle en riant nerveusement. Sors de là, voyons !

— On est plus en sûreté dans les arbres, répondit Timothy. Viens !

— En sûreté ? répéta-t-elle. Mais de quoi as-tu peur ?

Elle avança tout de même vers lui.

Il répondit à la question de Paige par une autre question.

— As-tu apporté le miroir ?

Même quand elle approcha des arbres, le visage de Timothy ne semblait pas prendre des contours plus définis, mais continuait à flotter dans le brouillard, presque fantomatique.

Que se passait-il ? Pourquoi se montrait-il si mystérieux et si prudent… Pourquoi avait-il tant insisté pour qu'elle apporte le miroir de tante Agnès ? Tout cela était bien étrange. Tout ce qu'il avait fait pour elle, tout ce qu'il lui avait dit suscitait davantage de questions que de réponses.

Tout en avançant vers les troncs d'arbres spectraux, Paige décida qu'elle voulait plus de réponses et tout de suite ! Etait-elle le genre de fille à faire davantage confiance à un étranger qu'à ses propres sœurs ? Elle refusait d'aller plus loin sans savoir…

— Que fais-tu, Timothy ? Allez, dis-moi ! Je ne vais pas te mordre.

— Réponds-moi ! ordonna-t-il d'une voix plus autoritaire, presque fâchée, qui agaça Paige. L'as-tu apporté ?

— Bien sûr que je l'ai apporté, puisque tu me l'as demandé. Mais je veux aussi que tu répondes à certaines questions.

— Je vais le faire, c'est promis, Paige.

Maintenant la voix était redevenue celle du Timothy qu'elle connaissait. Superficiellement, du moins…

— Mais d'abord, j'ai besoin du miroir, insista-t-il. Donne-le-moi et je répondrai à toutes les questions que tu voudras.

— Alors, viens le prendre !

Elle ne voulait pas marcher dans les sous-bois et préférait qu'il la rejoigne, au moins à mi-chemin. Surtout depuis qu'il montrait des signes inquiétants, prouvant qu'il n'était pas exactement le type sympa qu'elle imaginait. Elle sortit le miroir de son sac à dos et le lui montra.

Quand une nappe de brume passa entre eux, la silhouette sembla trembler et s'évanouir, puis redevenir plus distincte une fois le brouillard disparu. Elle pensait toujours que ce devait être le jour tombant ou la brume épaisse qui lui jouait des tours, mais elle en était de moins en moins certaine.

— Pose le miroir là, sur les feuilles mortes de ce petit espace découvert. Puis recule et je viendrai le chercher.

— Mais qu'est-ce qui t'arrive, Timothy ? Pourquoi ne le prends-tu pas simplement de ma main ?

Elle se souvint alors qu'elle n'avait jamais touché Timothy, même quand elle lui avait tendu son numéro de téléphone. Il avait attendu qu'elle le pose sur la table avant de le prendre. Ce détail devint tout à coup très significatif pour elle, bien qu'elle ignorât encore pourquoi.

— Qu'est-ce qui ne va pas, chez toi ? insista-t-elle. Es-tu malade ?

— Paige ! Contente-toi de poser le miroir et de partir ! ordonna-t-il d'un ton péremptoire.

Elle agita le miroir devant lui pour le narguer.

— Alors, c'est quoi cette histoire ? Je veux savoir, Timothy ! Je veux que tu me le dises !

— Je t'ai déjà répété que je répondrai à toutes tes questions, Paige. Fais ce que je te demande ! Pose le miroir là-bas. Je viendrai le chercher et tout ira bien. Je ne peux pas t'expliquer pourquoi je ne veux pas encore trop m'approcher de toi, mais quand tu m'auras donné le miroir, tout ira parfaitement bien. Nous pourrons être ensemble, Paige. Aussi longtemps que nous le voudrons. Toi et moi…

Elle ne pouvait nier qu'elle pensait exactement à cela depuis quelque temps, du moins jusqu'à ce que ce nouveau Timothy se dévoile, autoritaire et inquiétant. Au début, il s'était montré parfait : beau, gentil, drôle et même à l'aise avec le fait qu'elle soit sorcière, ce qu'aucun autre homme n'avait jamais été. Bien sûr, elle ne le connaissait pas depuis suffisamment longtemps pour savoir s'il y aurait un jour une véritable relation entre eux. Il avait pourtant l'air persuadé qu'ils allaient sortir ensemble. Voilà qui était à la fois étrange, excitant et flatteur ! Elle aimait les hommes qui prenaient les choses en main et le fait que celui-ci la trouve attirante était particulièrement agréable et prometteur.

L'histoire du miroir était pour le moins bizarre, non ? Mais il n'y avait là rien de mal, n'est-ce pas ? Après tout, elle était sorcière et, quelques mois plus tôt, ce genre de situation lui aurait semblé parfaitement invraisemblable. Qui était-elle pour juger les autres d'après leur quotient de bizarrerie ?

Peu importe. Elle était maintenant une sorcière puissante. Quel que soit le problème de ce garçon, elle était certaine qu'il ne lui voudrait aucun mal. Et dans le cas contraire, elle ferait face ! A plusieurs reprises, elle avait dû se battre pour défendre sa peau et elle le ferait encore si cela s'avérait nécessaire.

Paige ne parvenait pas à douter de lui, même si elle admettait que ce n'était pas très malin. C'était comme si quelque chose en elle lui interdisait de se poser trop de questions. Chaque fois qu'elle commençait à se méfier de Timothy, ses sentiments s'agitaient comme des électrons en folie et quand elle s'abandonnait à le croire, tout se calmait. Elle s'était toujours considérée comme assez intuitive sur la personnalité des gens et quelque chose lui soufflait que Timothy était un brave type, malgré les apparences un peu bizarroïdes.

— D'accord, dit-elle finalement en abdiquant. Mais je te préviens, Timothy. Après ça nous allons avoir une longue conversation, toi et moi !

— Ça me semble assez légitime. Moi aussi, j'aimerais qu'on parle un peu ensemble.

Paige crut qu'il s'était mis à sourire en disant cela, mais avec le brouillard entre eux, elle n'en était pas certaine.

Intriguée, elle posa le miroir sur le lit de feuilles mortes.

CHAPITRE 11

— Nous ? s'exclama Phoebe en réponse au fantôme d'Agnès qui leur conseillait de retrouver le miroir au plus vite.

L'aïeule la considéra de ses étranges yeux clairs.

— J'ai bien peur de n'avoir aucune aptitude à prendre part à vos aventures. Il ne me reste aucun pouvoir magique ni aucune information qui puisse vous être utile. Alors si vous voulez bien m'excuser, il me faut retourner d'où je viens.

Phoebe crut voir Agnès trembloter comme une image de film mal synchronisée. La vieille dame sembla le sentir, elle aussi, et son regard s'accrocha à celui de Léo. Puis ses yeux s'agrandirent et une ombre de terreur traversa son visage.

— Allons, Léo ! insista-t-elle. Qu'est-ce que vous attendez ?

— Très bien, tante Agnès, je vous fais repartir ! répondit-il.

Agnès scintilla un bref instant avant de disparaître, laissant seulement derrière elle une faible odeur de pommes.

— Je suis étonné qu'elle se soit montrée aussi coopérative, dit simplement Léo. Je ne pense pas que nous aurions pu en tirer davantage.

— Oh, flûte ! s'exclama Phoebe.

— Qu'est-ce qu'il y a ? s'inquiéta Piper.

— On a oublié de l'interroger au sujet de la lettre.

Piper secoua tristement la tête.

— Décidément, tu ne renonceras donc jamais ? Personnellement, je considère cette lettre comme un énorme canular, tout comme l'espèce de rêve-vision ou je ne sais quoi, qui t'a guidée vers elle. Je pense que cela nous a été envoyé par Timothy McBride, en même temps que le sort qui nous rend toutes les deux si agressives l'une envers l'autre.

— Mais dans quel but ?

— Nous ne le saurons sans doute pas avant d'avoir parlé à Paige, dit Léo. Mais comme Paige n'est pas là, et le miroir d'Agnès non plus, il serait logique de conclure que Timothy voulait isoler Paige de vous deux, afin de pouvoir la persuader de le libérer du miroir.

— Je dois dire que tout cela me trouble beaucoup, intervint Phoebe. Comment Timothy a-t-il pu revenir s'il était piégé dans le miroir ? Et pourquoi maintenant ?

— Nous pourrons rassembler les pièces du puzzle lorsque nous l'aurons retrouvé, dit Cole. Mais quitte à faire des hypothèses, je dirais que c'est peut-être à cause de l'eau. Cette eau qui a inondé cette espèce de cimetière sous l'immeuble, faisant remonter les corps dont il avait puisé ses pouvoirs il y a un siècle. Cela lui aura peut-être permis de réapparaître partiellement, de se manifester un peu, mais pas suffisamment. D'où son besoin de retrouver le miroir.

— Sans oublier qu'il a recommencé à tuer, ajouta Piper.

— Exact, dit Cole. Et nous savons que chaque meurtre qu'il commet augmente son pouvoir. Il est donc parvenu à un certain stade de présence physique qu'il ne pourra compléter qu'avec le miroir.

— Et il s'est servi de moi pour semer la zizanie dans la famille, souffla Phoebe, sidérée par les conséquences désastreuses de son attitude.

Elle commença à feuilleter le *Livre des Ombres*, tentant de trouver un sort permettant d'annuler celui qui avait pu leur être jeté.

— Il s'est débrouillé pour que Paige ne nous fasse plus confiance afin de mieux la manipuler, continua-t-elle, en tournant les pages avec frénésie. Ainsi, il pouvait lui demander tout ce qu'il voulait, ce lâche !

— Ce qui veut dire que Paige est également en danger, fit observer Piper.

— Et si jamais Timothy retrouve sa forme initiale, le monde entier sera en danger, renchérit Léo. Nous savons qu'il est maléfique. Une fois physiquement complet, ce monstre pourra accélérer les tueries et augmenter son pouvoir grâce à chaque nouvelle victime. Il a probablement estimé avoir avancé un peu trop lentement, il y a cent ans, donnant ainsi à vos ancêtres une chance de le rattraper. Il ne refera certainement pas cette erreur. S'il acquiert assez de pouvoir, surtout s'il s'attaque à Paige, il éliminera définitivement la menace du Pouvoir des Trois et deviendra pratiquement invincible.

Jusqu'alors, Phoebe ne pensait qu'aux torts qu'elle avait causés à la famille en ne faisant plus confiance à Paige et en se disputant avec Piper. Maintenant, elle se rendait compte que les conséquences pouvaient être bien plus graves, que Timothy pouvait blesser Paige, voire la tuer. Si ce n'était pas déjà fait… La détresse qu'elle avait ressentie un peu plus tôt revint, démultipliée. Avait-elle poussé Paige entre les mains de ce tueur cinglé ?

Elle cligna des yeux pour repousser ses larmes.

— Léo, il faut absolument qu'on retrouve Paige. Vite ! Je t'en supplie !

Il se tenait immobile, les yeux fermés, la tête légèrement inclinée vers le plafond. Il avait l'air perdu dans ses pensées.

— Je crois qu'il a déjà devancé tes désirs, fit remarquer Cole à voix basse.

Pourvu que son radar fonctionne, songea Phoebe. *Il nous a si souvent sortis d'affaire. Il faut que ça marche. Il le faut !*

Quelques secondes plus tard, Léo ouvrit les yeux.

— Je l'ai, dit-il simplement. Allons-y !

Inquiète, Paige garda les yeux fixés sur Timothy en posant le miroir sur le lit de feuilles mouillées et recula. Il semblait toujours flou, immatériel. Elle avait l'impression de voir l'écorce de l'arbre devant lequel il se tenait à travers sa forme à demi transparente. Il fit quelques pas vers l'endroit où elle avait posé le miroir, mais s'arrêta comme s'il craignait de se montrer complètement ou que Paige change d'avis et récupère le miroir.

C'est impossible qu'il le prenne d'aussi loin, pensa-t-elle. Elle ne comprenait pas pourquoi il n'approchait pas simplement pour le ramasser.

Mais ce qu'il fit la surprit encore davantage. De l'endroit où il se trouvait, il tendit le bras vers l'objet de sa convoitise. Comme il ne parvenait pas à l'atteindre, ce qui était prévisible, il tendit son bras encore plus loin. Partiellement éclairé par un rai de lumière traversant le feuillage, Paige remarqua que ce bras anormalement étiré était mouillé et réfléchissant. Clignant des yeux à plusieurs reprises pour s'assurer de ne pas rêver, elle tenta de comprendre : ce bras bizarrement inhumain était un agrégat de millions de gouttes d'eau qui tenaient ensemble par la volonté de Timothy, comme s'il ne faisait qu'un avec le brouillard.

A cet instant, elle sut qu'elle avait commis une erreur, et qu'il ne lui restait qu'une fraction de seconde pour la réparer. Elle essaya de téléporter le miroir vers elle, mais Timothy réagit instantanément en entourant l'objet convoité d'une espèce d'écran brillant, empêchant les pouvoirs de Paige de l'atteindre. A défaut de le téléporter, elle pouvait toujours aller le chercher. Elle allait plonger vers lui quand des lumières scintillèrent soudain à côté d'elle. Le bras ferme de Léo entoura aussitôt sa taille pour la retenir.

— Non, Paige ! cria Phoebe, paniquée.

Paige se tourna et découvrit ses sœurs et leurs deux amis en train de regarder l'effrayant bras de Timothy en train de ramasser le miroir.

— Cet homme n'est pas réel ! lui dit Piper.

— Pas complètement, en tout cas, ajouta Cole.

— C'est pourquoi j'essayais de prendre le miroir, mais vous m'en avez empêchée ! protesta Paige.

— Il est très dangereux, Paige. C'est un tueur, dit Léo.

De l'autre côté de la petite clairière, Timothy tenait le miroir devant son visage comme s'il y admirait son propre reflet. Il avait toujours l'air fantomatique, dans le brouillard, mais un sourire d'extrême satisfaction étirait ses lèvres.

— Tu ne vas pas croire ces balivernes, n'est-ce pas, Paige ? Tu me connais mieux que ça. Est-ce que je t'ai déjà fait du mal ? A toi ou à quelqu'un d'autre ?

— Pas que je sache, mais je fais avant tout confiance à mes sœurs.

— Exactement ! dit Phoebe d'une voix un peu bizarre. Les sœurs se serrent toujours les coudes.

Paige se tourna vers elle et trouva que son expression aussi avait quelque chose de bizarre, comme si elle avait avalé un truc désagréable.

— Comme c'est charmant ! rétorqua Timothy. Je voyais en toi une alliée, Paige. Ensemble, nous aurions pu former une équipe géniale. Mais je suppose que tu as déjà fait beaucoup pour moi.

Il balança le miroir en arrière comme une batte de base-ball, prêt à frapper.

— Oh non ! Sûrement pas ! cria Piper en le figeant.

Il arrêta son mouvement à mi-course, il ressemblait à une sculpture de verre avec des bulles. Paige crut d'abord que Piper avait réussi, mais comprit ensuite qu'elle avait seulement figé les gouttelettes d'eau qui avaient constitué ce geste, et non pas le corps entier. Timothy en rassembla aussitôt davantage du brouillard environnant, et continua son geste à peine ralenti, jetant violemment le miroir contre le tronc de l'arbre le plus proche.

La glace se brisa en petits éclats, retombant en pluie scintillante sur les feuilles brunes et mouillées qui jonchaient le sol. Une explosion de lumière, non pas jaune et brillante, mais grisâtre et sinistre, jaillit du cadre déformé du miroir et baigna Timothy dans son éclat glauque.

En un clin d'œil, il fut transformé : sa chair avait maintenant de la substance, de l'élasticité, de la couleur. Une légère brise ébouriffait ses cheveux. Les plis de ses vêtements décontractés étaient maintenant ceux du vrai tissu et même le bruit qu'il faisait en se mouvant était différent, plus authentique. Il n'était plus une structure de brume, mais avait atteint une nouvelle réalité.

— Félicitations, Pinocchio ! dit Paige. Tu es un vrai petit garçon ! Et maintenant ?

— Maintenant, je peux vraiment le figer, annonça Piper en jetant un autre sort vers lui.

Mais Timothy leur dédia un sourire narquois et traça un cercle dans l'air du bout du doigt, un cercle qui brilla d'une lumière puissante et repoussa le sort de Piper comme un vulgaire gravillon.

— Pas sûr, gamine !

Il rit, se caressant la joue de l'autre main.

— Mmmm, ça fait du bien de se retrouver. Merci encore, Paige… D'ailleurs, je me demande laquelle de vous trois je dois remercier le plus.

Incertaine de ce qu'elle devait comprendre par cette phrase sibylline, Paige se tourna vers ses sœurs pour leur demander des explications. A ce même instant,

Timothy leur fit un petit salut de la main avant de disparaître.

— Quoi ? Il est parti ? hurla Paige, furieuse. Juste comme ça ?

— Il a été capable de bloquer le sort de Piper *juste comme ça* aussi, lui rappela Léo. Tout comme ta tentative pour téléporter le miroir, d'ailleurs. Cet énergumène est apparemment déjà très puissant.

— Et de quoi parlait-il en disant qu'il ne savait pas laquelle des trois remercier ? continua Paige. C'est tout de même moi qui ai fait la bêtise de l'aider.

Personne ne répondit.

— Pas vrai ? insista-t-elle.

Phoebe croisa les bras et frissonna. L'air était très humide et de plus en plus froid.

— Je dois avouer que tu n'es pas toute seule à être impliquée dans cette affaire, admit-elle en baissant les yeux d'un air contrit. Mais je ne veux pas en parler ici. Rentrons à la maison, d'accord ?

— Oui, bien sûr. Comme tu voudras, répondit Paige.

Phoebe toucha le coude de Léo qui ne réagit pas.

— D'accord, Léo ? insista-t-elle en le secouant légèrement.

— Oui, oui, d'accord.

Et cette fois, comprenant le message, il les téléporta jusqu'au manoir.

Installé à son bureau, Darryl s'était plongé dans les relevés de cartes de crédit, cherchant des connexions qui n'étaient pas apparues dans les listes d'appels, les répertoires ou les entretiens avec les proches des victimes. Il avait entendu parler d'un cas de meurtres en série résolu le jour où les enquêteurs avaient découvert que les quatre victimes avaient amené leurs voitures chez le même marchand de pneus, et cela sur une période de plusieurs mois. L'un des employés avait en effet pris leur adresse sur les factures et s'était rendu chez elles la nuit pour les tuer dans leur sommeil. Au premier abord, il n'y avait aucun lien particulier avec le garage ; les victimes avaient été étranglées et non pas frappées avec des outils de mécano, par exemple. Le lien commun n'avait donc pas pu être évident tout de suite, mais il était apparu en comparant les relevés de cartes de crédit respectifs.

Dans une grande ville comme San Francisco, les gens habitaient dans un quartier, travaillaient dans un autre et faisaient souvent leurs courses ailleurs, selon les itinéraires qu'ils empruntaient entre les deux.

Darryl avait donc étalé devant lui un plan de la ville et comparait les adresses des boutiques. Mais il ne trouva rien de cohérent.

Comment ce type choisit-il ses victimes ? se demanda-t-il. *Ces femmes ne se ressemblent pas physiquement, ne font rien dans le même quartier. Leur seul point commun ? Elles se font tuer dans des rues désertes et des quartiers particulièrement calmes.*

La plupart des tueurs en série se jouaient un psychodrame tordu dans leur tête, tuant la même personne à répétition. Mais celui-ci défiait toutes les règles que Darryl connaissait.

— Dis-moi que tu as trouvé quelque chose !

Darryl tourna la tête et vit que Lorraine Yee se tenait derrière son épaule gauche et regardait les piles de feuilles éparpillées devant lui.

— J'aimerais bien, répondit-il d'un air sombre.

— Moi aussi. Nous travaillons contre la montre, dans cette affaire.

— Parce que quelqu'un va encore mourir si nous ne le trouvons pas, dit Darryl.

— C'est sans doute vrai. Mais il y a aussi les fédéraux qui attendent la première occasion pour se jeter dans nos pattes. Si nous n'attrapons pas notre type d'ici demain matin, ils reprennent l'affaire. Ils ont d'ailleurs déjà obtenu l'accord. S'il y a encore un autre meurtre cette nuit, ils n'attendront pas le matin. Nous n'aurons même pas le droit de mettre les pieds sur le prochain lieu du crime.

— Tu plaisantes ! s'insurgea Darryl.

Mais il savait qu'elle ne plaisantait pas. Ses traits étaient tirés et il n'y avait aucun signe d'espièglerie dans ses yeux, seulement la lassitude qui s'y était nichée depuis que la commission d'enquête avait été formée. Darryl ne connaissait pas très bien Lorraine, mais n'ignorait pas qu'elle prenait son métier très au sérieux. Certaines rumeurs laissaient même entendre qu'elle le prenait trop au sérieux, incapable de le séparer de sa vie personnelle. Darryl la savait célibataire, mais c'était le cas de plus de la moitié des flics qu'il connaissait, en comptant ceux qui avaient divorcé en cours de carrière.

— Ça commence à te ronger, n'est-ce pas ? demanda-t-il avec sollicitude.

Les bureaux paysagers n'étaient pas un lieu propice aux confidences, mais ils n'avaient guère le choix, à moins de se replier dans la salle de conférences.

— Comme à chaque fois, répondit-elle. Ces victimes pourraient être ma sœur, ma mère, moi… tu comprends ? Leurs yeux, sur ces photos, me hantent.

Oui, Darryl comprenait ce qu'elle ressentait. Lui aussi détestait se rendre dans cette salle de conférences parce que les femmes, dont les photos étaient placardées sur le tableau, le fixaient, le chargeaient d'apporter un peu de justice dans un monde qui en était souvent dépourvu. Mais si les rumeurs concernant Lorraine étaient exactes, elle avait fait des copies de ces photos pour les coller dans tout son appartement afin de se souvenir d'elles à tout moment : en préparant le petit déjeuner, en se brossant les dents, en regardant la télé… Elle ne pouvait pas leur échapper et ne le voulait pas.

Darryl savait qu'il ne pourrait jamais vivre ainsi. Il se demanda lequel des deux était le meilleur flic : lui, qui essayait au moins de maintenir une distance professionnelle, même s'il y parvenait mal, ou bien Lorraine qui s'inoculait la douleur des victimes, vivant avec elle jusqu'à ce que l'affaire soit classée. Sans doute était-ce elle, sinon les grands chefs ne l'auraient pas choisie pour diriger cette équipe dont lui n'était que l'un des membres.

Après réflexion, Darryl se dit qu'il tiendrait le coup plus longtemps dans ce métier. Tôt ou tard, elle finirait par péter les plombs. Pourvu que ce soit le plus tard possible et qu'elle s'en tirera sans trop de dégâts !

Soudain, il fut frappé par une pensée terrifiante.

Depuis le début, il avait travaillé sur cette affaire comme si le tueur avait été un humain. Et si Léo avait vu juste ? Et si l'affaire était liée, d'une manière ou d'une autre, à la découverte macabre de Tenderloin et que le tueur était une espèce d'être surnaturel ? Il savait que les Charmed étaient en patrouille, qu'elles essayaient à leur façon de résoudre ces meurtres, tout comme lui et la commission d'enquête. Si la source du mal était effectivement surnaturelle, Darryl aurait l'avantage d'être familier avec ce monde obscur, et les Halliwell lui en parleraient dès qu'elles auraient abouti. Dans ce cas, et comme il l'avait déjà fait à plusieurs reprises, il se débrouillerait ensuite pour effacer leurs pistes.

Mais si les fédéraux étaient impliqués, il ne lui serait peut-être pas possible d'intervenir. Le FBI s'était déjà une fois intéressé aux sœurs Halliwell et si ces enquêteurs croisaient encore leur chemin, Darryl ne pourrait rien faire pour les en détourner.

Il était incontestable que la police remplissait un rôle important dans la société, en maintenant l'ordre et en faisant appliquer les lois dans le pays. Mais les Charmed jouaient un rôle similaire, à une échelle bien plus importante. Elles gardaient la frontière entre le Bien et le Mal. Leur mission ne devait en aucun cas être compromise.

Il se rendit compte que Lorraine se tenait toujours derrière lui, comme si elle attendait quelque chose.

— On ne peut pas leur donner l'occasion de reprendre l'affaire, répondit-il enfin en chassant ses pensées.

— Je suis bien de ton avis, répondit-elle en posant sa main sur l'épaule de son collègue d'un geste solidaire. C'est pour ça qu'il faut qu'on trouve ce salaud. Et vite !

CHAPITRE 12

Tout compte fait, pensa Teresa Pineda en portant les assiettes sales vers la cuisine, *ma première journée sur ce job ne s'est pas mal passée du tout* ! Elle avait déjà travaillé comme serveuse, bien sûr, et elle connaissait les ficelles du métier : scotcher un sourire sur ses lèvres, flirter un peu, rire beaucoup, ne pas oublier les commandes et ne rien laisser tomber... Le plus difficile à supporter était la grosse fatigue. Ceux qui n'avaient jamais servi dans un restaurant ne pouvaient pas se l'imaginer.

Cela faisait plus de huit heures qu'elle était sur ses jambes, courant dans tous les sens, contournant les tables, évitant les chaises quand les clients décidaient soudain de se lever sans regarder autour d'eux, portant des plateaux chargés de boissons et de victuailles d'abord, et ensuite les plats vides et les assiettes sales. Ses chaussures, neuves et encore un peu serrées, étaient déjà tachées de mayonnaise ou de consommé de palourde. Ce n'était pas une catastrophe et elle pourrait sans doute les essuyer avec un chiffon mouillé. L'uniforme était un peu prétentieux, mais il ne lui seyait pas trop mal. Bref, elle n'avait pas de quoi se plaindre ! Mais elle savait que le lendemain, elle aurait d'horribles courbatures pour avoir fait travailler certains muscles qui n'avaient pas été sollicités depuis longtemps.

Et puis, il y avait les pourboires... Elle avait déjà travaillé en de nombreux endroits, mais jamais dans un restaurant avec autant de touristes, directement sur Fisherman's Warf. Le décorateur de la salle avait presque réussi à créer une caricature de restaurant de fruits de mer, avec des filets, des tridents et de faux poissons accrochés aux murs, sans parler des cartes nautiques imprimées sur les tables ! Tous les commerces du quartier étaient tournés vers les besoins des touristes : les boutiques de souvenirs, le musée Ripley et les ateliers de manufacture de bougies, les bateaux de promenade, les répliques de vaisseaux de pirates et les nombreux restaurants à thème qui drainaient des milliers de clients pressés. Ils arrivaient, ravis de pouvoir enfin s'asseoir, poser les appareils photos et leurs paquets pendant une petite heure.

Teresa s'était branchée sur la fréquence charme, avait touché les hommes à l'épaule, complimenté les épouses sur leur tenue ou leurs achats, échangé une blague avec les enfants. Elle avait depuis longtemps compris que les pourboires étaient plus intéressants dans des restaurants de quartier essentiellement fréquentés par des habitués qui savaient qu'ils allaient revenir. En voyant tous ces touristes, elle s'était dit que les pourboires allaient être ridicules, voire inexistants, puisqu'ils avaient dépensé de l'argent toute la journée et qu'ils ne comptaient pas revoir la serveuse. Mais elle les avait particulièrement bien soignés et ils avaient joué le jeu, sans oublier que le restaurant assurait trois services par repas. La journée avait été épuisante, mais elle était arrivée à se faire quelques deux cents dollars de pourboire, même après avoir partagé avec les hôtesses et les autres serveuses. Cela dépassait largement le SMIG qu'elle touchait au magasin de reprographie où elle travaillait auparavant. Voilà qui était une excellente nouvelle ! A ce rythme, non seulement elle allait pouvoir faire face à la garderie pour Jacky, mais en plus se permettre de petits extras. Elle rêvait d'offrir une Game

Boy à son fils pour son anniversaire et cela devenait presque envisageable.

Elle posa la pile d'assiettes sur la table près d'Oscar, le plongeur.

— *Gracias !* dit-il en riant. Voilà qui me rassure, j'ai bien cru qu'il n'y en avait plus !

— Ça n'en finit jamais, n'est-ce pas ? demanda-t-elle.

Ses mains et ses avant-bras étaient plongés dans l'eau et la mousse. Un filet retenait sa lourde masse de cheveux frisés et son tablier ressemblait curieusement à un tableau d'art abstrait. Comme tout le reste du personnel du Sea King, il dégageait une forte odeur de poisson.

— Tu as fini ton service, pas vrai ?

— Oui, pratiquement.

Tous devaient d'abord travailler aux services du petit déjeuner et du déjeuner avant d'être promus à celui du dîner, où le rythme, lui avait-on dit, devenait vraiment intenable.

— Tu as des projets passionnants, pour ce soir ? s'enquit-il.

— Je vais prendre mon gosse à l'école. Un bain chaud serait une merveille, suivi d'une nuit de quatorze heures de sommeil non-stop.

Avec les gestes sûrs de l'habitude, il rinça rapidement quelques assiettes sous l'eau claire et remplit le bac de couverts sales.

— Pas mal, comme plan… J'en ferais bien autant ! s'exclama-t-il en levant les yeux au plafond. Ta première journée s'est bien passée ?

— Je n'ai renversé de soupe sur personne et je ne me suis presque pas trompée dans les commandes. En revanche, je me suis un peu énervée contre un client qui avait la main baladeuse.

— Il l'aura bien mérité.

— Sa femme était également de cet avis, dit-elle en éclatant de rire. C'est tout juste si elle ne lui a pas tiré les oreilles devant tout le monde. Le pauvre bougre était rouge comme une écrevisse !

— Bien fait !

— Et puis, je dois dire que les pourboires n'étaient pas mauvais, pour un premier jour.

— Super ! J'espère que ça se passera bien pour toi, ici, et que tu resteras longtemps avec nous.

Les paroles du plongeur lui firent chaud au cœur. Elle avait l'impression de s'être bien débrouillée, pour l'instant, mais c'était toujours rassurant de l'entendre dire par quelqu'un qui n'avait aucune raison de la flatter. D'ailleurs, elle se sentait bien dans cet établissement. Même si tout le monde courait en permanence et qu'il restait peu de temps pour bavarder, ses nouveaux collègues semblaient apprécier leur équipe et le restaurant où ils travaillaient, ce qui n'est pas toujours évident.

Cet endroit allait non seulement lui plaire, mais en plus lui permettre de gagner sa vie assez correctement pour gâter un peu son gamin.

— Bon, je vais y aller, dit-elle en tapotant l'épaule d'Oscar. A plus !

— A plus !

Elle se dirigea vers le petit vestiaire du personnel pour se débarbouiller, enfiler son gilet et prendre son sac à main. Jacky l'attendait à la garderie et elle ne voulait pas être en retard.

Les mains sur les hanches, Paige arpentait nerveusement le salon du manoir.

— Bon ! Est-ce que quelqu'un veut bien me dire ce qui se passe ici ? Parce que j'ai vraiment l'impression d'avoir commencé le film en cours de route sans même en connaître le titre. De toute évidence, vous en savez plus que moi !

Phoebe savait que c'était à elle de mettre les choses au clair, de tout raconter à Paige même si cela signifiait lui avouer qu'elle ne lui avait pas fait confiance. Mais il y avait de fortes chances que sa sœur sache déjà cela, puisqu'elle avait probablement vu la lettre dans la table de nuit. Phoebe s'agita dans son fauteuil et lança un regard implorant à Piper pour qu'elle vienne à son secours. Mais tout ce qu'elle obtint fut un haussement d'épaules qui voulait dire « Débrouille-toi toute seule, ma grande ! ».

— Alors ? J'attends ! s'impatienta Paige.

— Je... J'ai eu cette vision, commença Phoebe en regrettant qu'il n'y ait pas un feu dans la cheminée pour réchauffer un peu l'atmosphère. Une espèce de vision-rêve. Je dormais et cela m'a réveillée. C'était aussi terrifiant qu'un cauchemar.

— A propos de moi ? s'enquit sèchement Paige.

— Tu ne peux pas attendre un peu, non ? Si tu crois que c'est facile...

Paige lui jeta un regard agacé et reprit ses cent pas.

— La vision concernait quelque chose d'important, là-haut, au grenier, dans une vieille commode. J'y suis allée et, avec l'aide de Cole, j'ai trouvé une très vieille lettre de notre arrière-grand-tante Agnès. Celle-ci disait...

— Je sais ce qu'elle disait, interrompit Paige.

— Tu l'as lue ?

— Tu n'es pas la seule à t'être comportée comme une andouille, dit Paige. Finis ta confession et ensuite on passera à la mienne.

— Il va falloir faire vite, déclara Léo, parce que notre sale bonhomme court toujours !

Phoebe se tourna vers lui.

— Léo, il faut régler ce problème d'abord. Si nous voulons le vaincre nous devons travailler ensemble, et pour ce faire, il faut que les choses soient claires entre nous.

— Je veux simplement dire qu'un raccourci serait le bienvenu, expliqua Léo d'une voix calme que Phoebe ne connaissait que trop bien.

— Donc, Paige, tu sais ce que contenait cette lettre. Et tu sais aussi qu'elle ne nommait pas précisément la personne concernée mais qu'elle pouvait évoquer la manière dont tu étais entrée dans la famille. Je ne m'y serais absolument pas intéressée si cela n'avait pas été renforcé par cette affreuse vision. Généralement, les visions ne mentent pas.

— Je peux faire une remarque ? intervint Cole.

— A condition de faire vite. Tu as entendu Léo !

— Phoebe, tu n'étais pas certaine que c'était une vision, mais plutôt un rêve, ou une combinaison des deux. D'après ce que nous savons maintenant de Timothy, je pense qu'il s'agissait d'un rêve. Il devait déjà être assez puissant à ce moment-là pour t'imposer un rêve. Tu m'as dit toi-même, un jour, que ce n'était pas très compliqué.

— Oui, mais il aurait dû pénétrer dans la maison pour le faire, dit Piper.

— Je vous rappelle que c'est un peu Monsieur Brouillard, dit Paige. Il l'était, du moins. Or, un brouillard peut entrer partout, surtout s'il est doté d'intelligence.

— Un brouillard intelligent, voilà un concept intéressant ! commenta Piper.

— Ce qui expliquerait également ce que tu m'as dit, Piper, quand tu as essayé de le localiser. Le brouillard était dans toute la ville, ces derniers jours. Si Timothy est capable d'être partout où se trouve le brouillard, il est justement partout ! C'est pour cela que tu l'as localisé à tous ces endroits en même temps.

— C'est possible, répondit Piper. A moins que je me sois cassé le nez parce que ce que je cherchais n'était pas physiquement défini. C'est sans doute aussi précisément à ce moment-là qu'il nous a soumises à un enchantement pour qu'on se méfie les unes des autres et qu'on se chamaille !

— Et qu'il m'a obligée à lui faire confiance même si je ne le voulais pas ! s'exclama Paige. Bon sang, il est sacrément rusé !

— Ce n'est pas que je ne voulais pas te faire confiance, Paige. Mais le rêve avait l'air tellement réel, tellement pressant… et puis cette lettre… J'avais l'impression qu'il ne fallait pas prendre tout ça à la légère. Je voulais en savoir plus sur tante Agnès et sur toute cette situation avant de…

— J'ai pourtant essayé de la calmer, intervint Piper.

— Oui, c'est vrai. Piper n'a pas perdu confiance en toi une seule seconde, admit Phoebe. Et j'avais tellement honte de me méfier de toi que je n'osais même pas t'en parler. J'ai donc mis la lettre dans ma chambre et…

Elle fronça alors les sourcils et jeta un regard noir à Paige.

— Et toi, espèce de curieuse, tu es entrée dans ma chambre ! C'est bien ça ?

Paige fit un sourire qui frisait plutôt la grimace.

— Je t'avais bien dit qu'on s'est toutes les deux comportées comme des andouilles…

— Mais, Paige, c'est parfaitement…

— Et toi, tu ne me faisais pas confiance ! lui rappela Paige, la main sur le cœur. Ta propre chair, ton propre sang…

— On pourrait accélérer, les filles ? demanda Léo. Paige, tu n'aurais pas dû fouiller dans la chambre de ta sœur, même si Timothy, comme je le suppose, te l'a demandé. Et toi, Phoebe, tu n'aurais pas dû soupçonner ta sœur, même si tu l'avais lu dans une lettre. Mais vous avez toutes les deux agi sous l'influence de sortilèges que Timothy avait jetés sur vous à votre insu.

— Comment sais-tu que Timothy me l'avait dit, pour la lettre ?

— Elémentaire, mon cher Watson ! dit Léo en tenant une pipe fictive à sa bouche. Il ne pouvait trouver le miroir qu'en vous remontant l'une contre l'autre. Comme ce miroir appartenait à tante Agnès, il voulait que toi, Paige, tu le cherches dans les affaires de votre ancêtre à l'insu de tes sœurs. Il ne pouvait pas entrer dans la maison pour le prendre et devait construire un mur épais entre vous toutes, afin de vous couper du reste de la famille. C'est sa stratégie.

— Tu as raison, admit Paige. C'est exactement ce qu'il a fait. J'ai été idiote de ne pas m'en rendre compte sur le moment. Mais il était tellement gentil et charmant. C'est du moins ce que je croyais jusqu'à ce que je comprenne qu'il n'était rien d'autre qu'un affreux monstre !

— Et un tueur en série ! ajouta Cole. Il ne faut pas perdre cela de vue.

— Combien de personnes a-t-il tuées ?

— Beaucoup trop ! répondit Léo. Nous n'avons pas le décompte complet, mais il y en a plus d'une cinquantaine. Et il continue. C'est la raison pour laquelle nous devons vite le retrouver avant qu'il ne recommence.

— Oh, mon Dieu ! souffla Paige en pâlissant tout à coup.

— Paige ! Tu n'as pas…

Phoebe ne put terminer sa phrase, refusant d'imaginer le pire.

— Non ! Mais j'avoue que j'y ai songé.

— Quelle horreur ! Bon, je préfère ne pas y penser. Il faut qu'on retrouve ce cinglé, intervint Piper.

— Votre sœur a raison, dit Léo. Nous continuerons

cette discussion plus tard. Il faut d'abord mettre la main sur ce fêlé.

Paige s'approcha de Phoebe.

— Ecoute, Phoebe, je suis désolée, tu es désolée... Redevenons trois sœurs et finissons-en avec ce Timothy de malheur. D'accord ?

Elles s'embrassèrent rapidement.

— Vite, un contre-sortilège et gare à toi, sale type ! Tu vas avoir affaire au Pouvoir des Trois !

Darryl Morris et Lorraine Yee quittèrent le commissariat ensemble. Les autres membres de la commission d'enquête menaient leurs recherches en suivant chacun une piste différente, afin de multiplier leurs chances de réussite. Darryl était assez pessimiste car ils détenaient peu d'indices et aucun mobile. L'affaire se présentait très mal.

Lorraine leva les yeux vers le ciel.

— On dirait que la nuit commence à tomber, dit-elle.

— C'est possible. On ne voit de toute façon pas grand-chose, avec ce brouillard.

— J'aurais aimé qu'exceptionnellement le jour dure jusqu'à ce que nous soyons prêts, que la Terre ralentisse sa course pour que la nuit arrive le plus tard possible.

— Parce que c'est le moment que notre bonhomme préfère pour attaquer ses victimes.

Lorraine hocha la tête.

— Oui, le soir, quand la plupart des gens sont rentrés du travail, tranquillement installés chez eux, et que les rues sont pratiquement désertes.

— Et ce salaud tombe sur les rares personnes qui hasardent leur nez dehors, dans cet épouvantable brouillard.

Lorraine et lui n'avaient pas de stratégie bien précise. Ils allaient prendre la voiture banalisée de Lorraine et patrouiller dans les quartiers calmes, espérant contre tout espoir de repérer la victime avant lui. Le reste de l'équipe en faisait autant et les policiers en uniforme quadrillaient la ville, l'œil aux aguets.

Sans indice ni mobile, ils ne pouvaient rien faire de plus.

Quand il quitta l'immeuble, on tendit à Darryl une enveloppe kraft qui contenait les résultats des analyses pratiquées par le médecin légiste sur les corps trouvés à Tenderloin, dans l'ancienne Villa Gates. Il les avait rapidement survolés car Lorraine piétinait nerveusement, impatiente de prendre la route.

Mais ce qu'il découvrit dans le rapport lui glaça le sang et il ne savait pas comment l'annoncer à Lorraine.

Elle s'installa derrière le volant de sa voiture verte et démarra le moteur. Puis elle s'engagea dans la circulation et ils restèrent silencieux, tous deux concentrés sur les messages de la radio, comme tout policier qui se respecte. Ils balayaient du regard les trottoirs, conscients que chaque passant pouvait être une future victime ou le tueur lui-même.

— J'essaie de me mettre dans sa peau, dit Lorraine après un long silence.

— La peau de qui ? demanda Darryl, surpris d'entendre sa voix dans le silence oppressant de la voiture.

— Du tueur. J'essaie de vider mon esprit et de penser comme lui, de ressentir comme lui, de réagir comme lui. Ainsi je peux imaginer ce qu'il va faire ensuite, avant même qu'il y pense lui-même.

— Et ça marche ?

— Parfois. J'en ai coincé plusieurs, comme ça. Tu sais, le type qu'ils appelaient le Boucher parce qu'il se servait d'un crochet... c'est par cette méthode que je l'ai eu !

— Ça doit être bizarre, non ? On ne se sent pas un peu... sale ?

Lorraine éclata de rire, mais un rire étrange, sans humour.

— Je prends beaucoup de douches. Très longues, avec de l'eau très chaude. Mais ça ne sert à rien. Il y a des gens à qui je peux en parler, mais ça non plus, ça ne sert à rien. Puis je me rends sur les tombes des victimes et je regarde les gens qui marchent dans la rue, ceux qu'il ne pourra plus tuer. Et ça, ça me fait vraiment du bien. C'est la seule chose qui me donne la force de continuer.

— Et maintenant ? demanda Darryl. Qu'est-ce que ça te fait de savoir qu'il court toujours ?

— Ça me rend malade et ça durera jusqu'à ce que je lui mette la main dessus.

— C'est dur, non ?

— Assez, oui. Mais parfois cette méthode fonctionne, alors ça vaut le coup d'essayer.

— En ce moment, qu'est-ce que tu ressens ? Où est-il ? A quoi pense-t-il ?

Lorraine tourna à gauche dans Filbert Street.

— Celui d'aujourd'hui, j'ai un mal fou à le décrypter. Il n'est pas comme les autres. Je ne parviens pas à le cerner, à définir une image précise dans mon esprit.

Darryl restait songeur. Tout cela était fort possible et confirmerait les dires de Léo et des sœurs Halliwell. Dans ce cas, l'expérience de Lorraine ne serait d'aucune utilité.

— Je crois qu'il aime tuer, continua-t-elle. Il n'est pas un de ces types qui essaient de s'empêcher de le faire ou qui sont convaincus que c'est quelqu'un d'autre qui le fait à leur place. Ce type adore ça, il prend son pied. Il est très créatif. Nous ignorons toujours ce qu'il utilise comme arme, ce n'est donc rien d'ordinaire. S'il les frappe à tant de reprises, c'est qu'il tire une jouissance viscérale de cet acte. Mais cela me rend la tâche d'autant plus difficile, car il est tellement bizarre que j'ai du mal à le comprendre, à le faire entrer dans mon esprit. C'est un être étrange, tordu.

— Ça ne m'étonnerait pas !

Elle fit comme si elle ne l'avait pas entendu, presque comme si elle était en transe.

— Il aime le brouillard, dit-elle. Parce que le brouillard le cache, amortit le bruit de ses pas. Il peut surgir à la dernière seconde sans que sa victime n'ait eu une chance de le voir, de crier ou de courir pour lui échapper.

Tout en parlant, sans même ralentir, elle tourna brusquement dans Stockton, se dirigeant vers l'eau.

— Où vas-tu ? demanda Darryl, déconcerté.

— Le brouillard se lève un peu, expliqua Lorraine. Il sera plus épais près de l'eau. C'est là que se trouve ce cinglé.

Darryl ignorait si elle avait raison ou tort, mais sa théorie n'était pas pire qu'une autre. Il décida donc de se taire et de la laisser conduire.

CHAPITRE 13

Une fois le contre-sortilège accompli, Piper précéda les autres au grenier du manoir où elle espérait, une fois de plus, pouvoir localiser Timothy McBride. Cette fois, elle en savait un peu plus sur lui, et cela lui serait certainement utile. De plus, Paige avait récupéré le miroir brisé que Timothy avait touché alors qu'il était encore fait de brume et d'eau. Cela devrait suffire. Localiser était une tâche beaucoup plus ardue qu'il n'y paraissait et c'était particulièrement frustrant quand cela ne fonctionnait pas. Lors de sa dernière tentative, le résultat avait été catastrophique, puisqu'elle l'avait localisé dans toute la ville. Autant dire nulle part.

Elle contempla la carte et le miroir, jeta un coup d'œil vers ses sœurs qui avaient toutes deux été victimes de ce type. Indirectement, elle aussi avait pâti de ses méfaits, c'était indéniable. Et, comme l'avait si bien dit Léo, Timothy McBride était toujours en liberté et allait sans doute continuer à tuer pour gagner en force et en puissance.

Comment savoir jusqu'où irait ce monstre puisqu'il restait des centaines de victimes potentielles dans cette ville !

Mieux valait ne pas y penser, pour l'instant. La réponse risquait d'être trop dure à accepter. Au lieu de cela, elle se pencha courageusement au-dessus du plan de la ville avec son pendule.

Teresa Pineda avait épousé Greg Logan alors qu'ils n'avaient encore que vingt ans, tous les deux. Ses amis lui avaient dit qu'elle était complètement folle de lier son avenir à ce surfeur d'origine anglaise qui ne comprendrait jamais son style de vie. Il parlait à peine suffisamment l'espagnol pour commander des tacos dans un bistrot du coin. Mais ils étaient tellement jeunes, tellement amoureux... de vrais gosses. Ils avaient écouté tous les conseils, toutes les critiques, puis s'étaient sauvés à Carson City pour se marier le soir même.

Ensuite, ils étaient revenus en ville, avaient attendu que les parents de Teresa se réveillent, le matin, pour leur annoncer leur mariage avant de prendre la route pour Burlingame, où habitaient les parents de Greg pour les mettre au courant aussi. Leurs familles avaient été furieuses de se voir ainsi mises devant le fait accompli, mais il avait été question de mariage et les parents de Teresa adoraient Greg. L'exubérance de la jeune femme, en revanche, effrayait un peu ceux de Greg, mais ils l'acceptèrent néanmoins et finirent par l'aimer.

Par la suite, ils avaient trouvé un appartement aux abords de Fillmore, juste à côté du quartier japonais que ni l'un ni l'autre ne connaissait. Ils y étaient à l'étroit, mais le loyer était abordable pour leurs maigres revenus. Trois ans plus tard, après la naissance de Jacky, ils s'étaient installés dans un appartement bien plus vaste, à North Beach. Le quartier n'était pas très bien fréquenté, mais le gamin avait une chambre à lui et n'était plus obligé de dormir dans un berceau trop petit, coincé entre le mur et le lit de ses parents.

Quatre autres années passèrent. Greg faisait un peu moins de surf et avait échangé ses bermudas contre un costume et une cravate pour aller travailler dans une agence de courtage sur Sansome Street. Teresa avait accepté une série de petits boulots à temps partiel afin de pouvoir s'occuper de leur enfant, au moins jusqu'à la maternelle. Greg travaillait comme un fou et semblait envisager une carrière prometteuse. Un matin, on l'avait appelé chez le directeur pour lui offrir une promotion très attendue et l'après-midi du même jour, chez le médecin, on lui avait annoncé qu'il était atteint d'un cancer de la gorge. Inopérable.

Il avait donné sa démission pour passer les sept mois suivants avec Teresa et Jacky. Il avait également repris le surf, au grand désespoir de Teresa, qui devait faire face aux baisses de revenus et à l'augmentation des frais médicaux. Mais comment reprocher à un mari condamné de vouloir passer ses derniers jours à faire ce qu'il aimait vraiment ? Il avait chevauché sa dernière vague trois jours avant de mourir dans son lit, avec Teresa assise à côté de lui, en train de lire un gros roman sud-américain sur l'amour et la séparation. Elle n'avait jamais terminé ce livre, qui traînait toujours sur une table où Glen aimait travailler, à côté de sa planche de surf appuyée contre un mur comme autrefois.

Aujourd'hui, Jacky avait huit ans et Theresa avait du mal à joindre les deux bouts. En rentrant chez elle, la jeune femme se réjouissait de ces deux cents dollars qui, multipliés par cinq jours, lui permettraient de faire face aux dépenses les plus urgentes et peut-être même de rembourser les arriérés de carte bleue qui s'étaient accumulés depuis que l'argent de l'assurance de Greg avait fini par s'épuiser.

Elle n'habitait pas trop loin des quais, mais devait faire un petit détour pour passer prendre Jacky à la garderie avant dix-huit heures trente précises. Il ne lui restait plus que quelques minutes et, si elle dépassait la limite, ils lui factureraient chaque minute de retard. Deux cents dollars représentaient une jolie petite somme, à condition de ne pas les engloutir dans des frais inutiles. Elle se mit à marcher plus vite.

C'est alors qu'elle entendit les pas de l'homme dans le brouillard.

Lorraine Yee conduisait comme une dingue, d'après Darryl. Elle ralentissait à peine dans les carrefours et elle slalomait entre les voitures qui roulaient trop lentement à son goût. Pentes raides ou tournants en épingle à cheveux, rien ne la ralentissait. Elle appuyait de toutes ses forces sur le klaxon, mais refusait de faire fonctionner la sirène ou les gyrophares afin de ne pas mettre en fuite le tueur, si toutefois il se trouvait effectivement dans les parages. Les articulations de ses doigts étaient blanches tant elle agrippait le volant en changeant de direction à la dernière seconde sans, bien sûr, en avertir les autres conducteurs qui faisaient pleuvoir sur elle des chapelets de gros mots. A juste titre, sans doute.

— Tu es certaine de savoir où tu vas ? finit par demander Darryl quand elle reprit le même chemin pour la troisième fois.

Elle lui jeta un regard en biais, accompagné d'un sourire sarcastique.

— Bien sûr que non, avoua-t-elle en toute honnêteté. J'essaie seulement de le ressentir. Je pense qu'il rôde près de l'eau, près du quai, là où le brouillard est le plus épais. Mais pas tout à fait sur le quai. Il y a bien trop de monde, là-bas. Il ne frapperait jamais dans un endroit aussi fréquenté. Il doit se contenter d'une rue plus calme, à quelques pas de là, attendant que quelqu'un passe. Une femme, seule, nullement consciente de ce qui pourrait la guetter dans cette purée de poix.

— Tu as sans doute raison, répondit Darryl sans épiloguer.

A quoi bon lui dire qu'il pensait qu'elle se trompait en tournant ainsi à l'aveuglette, revenant sans cesse sur les mêmes rues, sans but, sans stratégie… et sans résultat. Il lui avait suggéré d'esquisser un quadrillage mental des rues et de les patrouiller de manière plus systématique, de l'est vers l'ouest, puis du nord au sud, commençant aux abords de l'eau pour terminer à l'intérieur des terres. Mais c'était sa voiture à elle, sa commission d'enquête et c'était aussi elle qui essayait d'entrer dans la peau du tueur. D'ailleurs, il n'arrivait pas à imaginer le fonctionnement du cerveau de ce genre de dingo ! Lorraine voulait travailler à l'intuition, avec ses tripes. Eh bien soit ! Pourquoi pas ! Il avait donc renoncé à tout commentaire, se contentant de scruter les rues de plus en plus obscures, à la recherche d'un homme ou d'une femme solitaire. A la recherche du Mal en maraude. En vain.

Assis à la place du mort dans la voiture de Lorraine, il espérait que les Charmed patrouillaient également la ville, en quête du tueur. Car, de plus en plus, il était convaincu que le tueur en question n'était pas un humain. Ce meurtrier s'était manifesté près d'un siècle plus tôt, puis avait disparu quelque temps. Mais il était revenu et avait repris son effroyable activité.

Le rapport du médecin légiste, qu'il avait consulté à la hâte, contenait une information cruciale : les plaies des cadavres retrouvés à la Villa Gates avaient été provoquées par une baïonnette de la fin du XIXe siècle. Sans doute une relique de la guerre civile avait suggéré Sweeney, le médecin légiste. Mais ce n'était qu'une supposition, rien de sûr. Par ailleurs, Sweeney n'avait pas pu préciser si la baïonnette était montée sur un fusil ou non. D'après la forme de certaines plaies, elle avait dû être utilisée à la main.

En bon professionnel, le médecin avait joint au dossier des photos et quelques dessins pour expliquer comment il s'imaginait la forme des plaies à l'époque, quand elles étaient encore fraîches, et à quoi aurait pu ressembler l'arme du crime.

Il avait même ajouté un commentaire dans la marge :

« Ça ressemble un peu au travail de votre tueur actuel que vous surnommez Mains Moites. »

Darryl savait qu'il avait raison. Les coups portés par Mains Moites, avec une arme qu'ils n'avaient pas encore identifiée, laissaient le même genre de marque triangulaire que celles dessinées par Sweeney. Elles n'étaient pas exactement identiques et, si le tueur avait utilisé une baïonnette ancienne, elle aurait laissé des traces de rouille ou de métal…

En tout cas, cette ressemblance était extrêmement troublante. Assez troublante pour conclure que ces meurtres avaient été commis par la même personne…

Pourvu que les Charmed ne soient pas trop loin !

— Le Fisherman's Warf ! annonça Piper.

— Pourquoi ? Il mange des fruits de mer ? demanda Paige.

— La serveuse ! hurla presque Phoebe en se rappelant la vision d'une femme avec de la sauce sur les chaussures et une odeur de poisson. Et cet uniforme de serveuse de restaurant… elle pourrait très bien travailler dans ce coin des quais !

— Il ne se trouve pas exactement sur les quais, précisa Piper, mais à quelques pâtés de maisons. Près du croisement de Leavenworth et de Chestnut, je crois. Léo ?

— Votre carrosse est avancé, madame ! dit Léo en offrant son bras.

Quelques secondes plus tard, ils étaient tous téléportés à l'endroit que Phoebe avait indiqué.

Mais il n'y avait personne.

— Piper ! grommela Phoebe sur un ton de reproche. Tu avais dit…

— Je sais, je sais… j'ai simplement dit ce que j'avais localisé avec le pendule. Je pense tout de même qu'il est ici, dans ces parages.

— Je vous signale qu'il n'est plus Monsieur Brouillard ! intervint Paige. Il sera donc plus facile à repérer.

— Mais la brume est tout de même assez épaisse, ici, fit observer Cole. Même pour des gens normaux. On ne voit même pas à vingt mètres.

— Alors ? On prend quelle direction ? demanda Phoebe. A moins que tu préfères qu'on commence à appeler « Serveuse, s'il vous plaît ! » pour accélérer le mouvement ?

— Et qu'il prenne la poudre d'escampette ? rétorqua Paige. C'est hors de question ! Je ne veux pas qu'il se cache de nous. Je veux qu'on l'attrape.

— Je parie qu'il s'est d'ailleurs déjà lancé dans une partie de cache-cache, ajouta Phoebe.

— Alors séparons-nous ! proposa Piper. Je prends Leavenworth, Phoebe va prendre Chestnut. Et toi, Paige, tu descends par là pendant que Cole ira de l'autre côté.

— Et moi ? demanda Léo.

— Reste ici et précipite-toi vers le premier qui t'appellera, ordonna Piper.

Léo acquiesça et chacun avança prudemment dans le brouillard épais, quand ils entendirent soudain un hurlement strident provenant d'un peu plus haut, sur Leavenworth.

— A moins qu'on aille tous là-bas ! s'écria Paige en prenant ses jambes à son cou.

Piper se lança à sa suite et Phoebe n'hésita pas un instant à en faire autant. Elle savait que les trois sœurs allaient devoir collaborer si elles voulaient vaincre cet ennemi. Il avait failli gagner une première fois en les séparant et elle n'avait pas l'intention de lui donner l'occasion de recommencer.

*
* *

Teresa avait remarqué un martèlement de chaussures sur les pavés dès qu'elle avait accéléré le rythme de ses propres pas pour prendre Jacky à l'heure. C'était comme si quelqu'un calquait ses pas sur les siens et avait été dérouté par l'accélération soudaine de son allure. Elle s'arrêta brusquement et scruta à travers le brouillard, voulant vérifier s'il y avait réellement quelqu'un ou si c'était seulement son imagination qui lui jouait des tours. Le fait inhabituel de porter autant d'argent dans sa poche éveilla en elle une certaine inquiétude et elle sentit le rythme de son cœur s'emballer.

Ce serait vraiment trop nul de me les faire piquer ! songea-t-elle. Et puis, elle avait remarqué quelque chose dans les journaux, le matin, en allant au travail, au sujet d'un tueur qui sévissait en ville. Mais elle n'avait pas eu le temps de s'arrêter pour en acheter un et ignorait de quoi il s'agissait. Ne voyant personne, elle continua son chemin, accélérant son allure pour arriver à l'heure à la garderie de Jacky.

Ce fut à cet instant, quand elle pressa le pas, que l'autre silhouette commença à courir. Renonçant à faire semblant de la suivre, quelqu'un traversa la brume et se précipita vers elle à toute allure. La première réaction de Teresa fut de crier et c'est ce qu'elle fit. Elle prit une longue inspiration et poussa un hurlement des plus stridents. Si le type qui courait vers elle était un simple joggeur ayant perdu son chemin dans le brouillard ou avec une quelconque autre excuse pour se précipiter vers elle ainsi, elle serait simplement condamnée à présenter ses plus plates excuses. Mais s'il avait de mauvaises intentions, elle l'aurait prévenu et crié à l'aide. De toute façon, il ne ressemblait pas à un joggeur car il portait un T-shirt, un jean et de grosses bottes, et il affichait sur son visage un sourire vicieux et menaçant.

Ignorant son hurlement, il continuait à avancer vers elle. En le voyant approcher, elle remarqua quelque chose d'étrange : d'abord, sa main était vide, mais tout en avançant, il semblait attraper de la brume pour lui donner la forme d'une longue dague pointue.

Cela semblait impossible tant c'était étrange et Teresa poussa un second hurlement. Mais personne ne lui répondit et elle pensa que personne n'avait pu l'entendre. Désespérée, elle chercha des yeux une échappatoire, une cachette. Une poubelle en fer-blanc, débordant de déchets, se trouvait sur le bord du trottoir. Elle en attrapa le couvercle rond et le jeta sans hésiter vers le type qui continuait à s'approcher d'elle. Il repoussa le projectile sans même ralentir son allure. Elle envoya alors toute la poubelle dans ses jambes, éclaboussant le trottoir d'épluchures pourries et de jus putrides. L'odeur était infecte. Il tenta d'éviter les ordures, mais trébucha et s'étala de tout son long sur le trottoir. Quand il toucha le sol, le poignard étrange se transforma en brume et se dissipa dans l'humidité du soir. Mais immédiatement après, un autre poignard avait pris sa place.

Voulant profiter de ce bref contretemps, Teresa tourna les talons et prit la fuite. Mais son agresseur la rattrapa très vite. Elle sentit le contact d'un poing puissant contre son épaule et fut jetée contre le mur rugueux d'un immeuble qui lui écorcha violemment la joue. Elle sentit le goût du sang dans sa bouche, vit des étoiles, se retourna, puis se repoussa du mur pour se retrouver dans les bras que lui tendait son agresseur avec un sourire cruel.

Lorraine Yee avait vu juste. Le brouillard, qui se dissipait dans une grande partie de la ville, restait épais aux abords de l'eau. Darryl avait l'impression de traverser des nuages ou l'épaisse fumée d'un incendie. Il essayait de scruter les environs, mais c'était impossible. On ne pouvait voir qu'à une dizaine de mètres autour de soi, parfois même moins. En traversant Leavenworth, Darryl s'agrippait discrètement des deux mains à son siège afin que sa tête cesse de cogner contre les parois de la voiture que Lorraine continuait à conduire à un train d'enfer.

Le brouillard ne limitait pas seulement la visibilité, mais étouffait également les sons. Par temps clair, un hurlement dans la nuit pouvait ricocher sur les murs et porter très loin, mais dans le brouillard, il risquait d'être absorbé par l'humidité qui en changeait non seulement la portée, mais également le ton.

En d'autres termes, le brouillard pouvait transformer un hurlement en un bruit étouffé, comme celui que Darryl venait juste d'entendre... Il plissa les yeux et inspecta la rue. Etaient-ce des silhouettes qu'il apercevait au loin, se mouvant dans le brouillard ? Impossible à dire. Avant même qu'il puisse en parler à Lorraine, ils avaient traversé le croisement et fonçaient dans la rue suivante.

— Je crois avoir entendu quelque chose, dit-il.

— Entendu quoi ?

— Je n'en sais rien, mais cela aurait pu être un cri.

— Tu veux que je fasse demi-tour ?

Il réfléchit un instant. Ils roulaient sur Greenwich et se dirigeaient vers Hyde, qui était à sens unique et les conduirait dans un lacis de rues étroites et souvent encombrées. Faire un demi-tour en pleine rue risquait d'entraîner un accident, à cet endroit, car les voitures arrivaient dans tous les sens.

Or le bruit qu'il avait entendu pouvait être un cri de détresse, mais également le miaulement d'un chat ou le son d'un autoradio poussé au maximum. Impossible de le savoir sans aller voir sur place.

— Non, il vaut mieux continuer, tourner à droite et revenir sur nos pas.

— Entendu, répondit Lorraine en appuyant sur l'accélérateur avec une furieuse détermination.

Dès que Paige put voir à travers la partie la plus épaisse du brouillard, elle reconnut Timothy. Il avait changé de vêtements, remplaçant son look élégant et décontracté par une tenue plus appropriée aux occupations d'assassin qu'elle lui connaissait maintenant. Dans une main, il brandissait un étrange couteau très long en forme de T. La silhouette de Timothy était maintenant opaque, mais l'arme semblait être faite de brouillard, tout comme l'avait été son bras dans le parc.

De son autre main, il tenait une jeune femme. Ce devait être la serveuse décrite par Phoebe, celle de la vision. *Ah, on arrive à temps pour sauver l'innocente !* pensa-t-elle. *Du moins je l'espère.*

— Timothy ! cria-t-elle.

Il jeta un regard par-dessus son épaule, l'air mauvais. Elle savait qu'il pouvait simplement disparaître, de nouveau, s'il en décidait ainsi, même si les Charmed essayaient de l'en empêcher. Mais il semblait d'abord vouloir finir ce qu'il avait commencé.

Il leva l'étrange poignard, prêt à l'enfoncer dans le cœur de sa victime.

— Je suis à toi tout de suite, Paige adorée ! Donne-moi une seconde pour terminer ça.

Mais sa proie était tout sauf consentante et, tandis qu'il se tournait vers Paige pour lui parler, elle lui griffa copieusement le visage. Timothy laissa échapper une plainte de douleur qui réjouit le cœur de Paige.

— Ça fait mal, bon sang ! maugréa-t-il.

— Tu n'as plus l'habitude de la douleur ? railla Paige. Maintenant que tu as repris forme humaine, il faudra bien que tu t'y fasses !

— Je préfère nettement infliger la douleur plutôt que de la subir, répondit Timothy. Mais une fois que j'aurai débarrassé le monde de cette tigresse, je serai ravi de m'exercer sur toi.

— Je suis désolée de détruire tes illusions, mon petit Timmy, mais c'est tout simplement impossible.

Il ignora Paige et poursuivit son geste pour transpercer la serveuse qui continuait à se débattre.

Paige ne pensait pas pouvoir lui retirer son couteau par télékinésie puisqu'il devait être un prolongement de son corps et de ses doigts. En revanche, elle fut assez rapide pour déplacer Timothy d'un simple geste, l'éloignant de la femme et le faisant réapparaître une dizaine de mètres au-dessus du trottoir. Décontenancé, il battait furieusement l'air. Quand il se tourna pour fusiller Paige du regard, elle le figea dans cette position bizarre, avec une grimace hideuse qui déformait ses traits.

Quand Paige le fit retomber sur le trottoir, il rebondit légèrement, mais garda l'équilibre, raide comme une statue.

— Attention ! dit Piper. Tu pourrais le casser.

— Ce serait tellement dommage, non ? ironisa Phoebe.

Elle s'était déjà mise à la tâche, posant les pierres magiques en demi-cercle autour de la silhouette figée de Timothy.

La serveuse la regardait faire avec une fascination étonnée.

— Vous devriez partir d'ici ! lui conseilla Paige. Et vite ! Sinon vous risqueriez de voir pire que ça.

— Je crois que je suis vaccinée, répondit la serveuse encore tout essoufflée par ce qu'elle venait de vivre. Mais je vous remercie. Merci beaucoup. Sincèrement.

Paige coupa court au flot de sa gratitude d'un geste désinvolte de la main. Elle était contente d'avoir sauvé la vie de la jeune femme, mais sa priorité immédiate était d'en finir une fois pour toutes avec Timothy. Quand Paige releva la tête, elle vit que la serveuse tournait hâtivement le coin de la rue, contente de suivre son conseil.

Paige observa ses sœurs. Piper gardait son regard fixé sur Timothy, s'assurant qu'il ne pouvait pas utiliser ses pouvoirs pour se libérer du sortilège dont elle s'était servie pour le figer. Phoebe venait de poser le dernier caillou et, les mains sur les hanches, contemplait son œuvre d'un air satisfait. Derrière elles se tenaient Cole et Léo, préférant laisser les trois sorcières se débrouiller sans s'immiscer dans la bagarre.

— On le fait ensemble, demanda Phoebe, ou est-ce que je continue toute seule ?

Piper leva une main pour l'arrêter.

— Je pense que nous devrions laisser Paige s'occuper de lui.

Phoebe acquiesça.

— Tu as raison, sœurette. Allez, Paige, à toi l'honneur !

Paige jeta un dernier regard vers Timothy. Elle avait honte de s'être ainsi laissée manipuler par lui, de s'être fait si facilement piéger dans son tissu de mensonges. Mais il y avait un remède radical pour effacer cette honte et l'heure était venue de s'en servir. Elle se concentra un instant et trouva les mots qu'elle voulait utiliser :

Aujourd'hui, le Pouvoir des Trois
Qui faillit être détruit par toi
Renaît enfin de ses cendres
Et te renvoie dans le néant sans attendre.

Quand le sortilège de Piper fut annulé, Timothy se cabra brièvement et les traits de son visage furent déformés par la douleur et la peur. Très vite, la source de sa terreur devint évidente : un craquement, une odeur âcre et rance, puis des flammes jaillirent de sa peau, le consumant en une immense boule de feu.

Les sœurs se regardèrent, se prirent la main et leurs doigts se nouèrent jusqu'à ce qu'il ait enfin disparu, ne laissant plus qu'une tache sur le trottoir, tache qui serait effacée au lever du soleil. Le macabre héritage de

Timothy, quant à lui, durerait malheureusement plus longtemps.

Les personnes qui avaient aimé les victimes de ce monstre abject se souviendraient des disparus durant toute leur vie, mais ceux qui les pleuraient aujourd'hui ne se rappelleraient un jour que des instants heureux vécus avec eux. Le cycle des saisons continuerait : la naissance, la vie et la mort poursuivraient leur rythme éternel dont Timothy serait exclu à jamais. Au moins ne prendrait-il plus la vie des innocents. Il avait perdu. Même ses meurtres perdraient un jour le pouvoir de causer la douleur. Le Mal perd toujours.

Demain, un jour nouveau se lèverait sans Timothy McBride. Paige retournerait travailler et trouverait un moyen d'aider ce pauvre M. Boone, de quoi tirer une autre satisfaction personnelle, d'un style très différent.

— Vous savez quoi ? dit Paige.

— Quoi ? demanda Piper.

— Rentrons chez nous, passons un peu de temps ensemble, tranquillement, en regardant la télé ou en jouant au Scrabble… Peu importe quoi, d'ailleurs. Mais pour une fois, faisons ce que font les familles normales.

— Moi, ça me va ! répondit Phoebe en claquant des doigts. En voiture, Simone !

En les téléportant vers le manoir, Léo grommela dans sa barbe :

— Simone, Simone… la prochaine fois qu'elle m'appelle Simone…

EPILOGUE

Ils parvinrent bien au Manoir Halliwell, mais pour peu de temps. En effet, juste après leur arrivée, les yeux de Piper tombèrent sur l'horloge de la cuisine.

— Zut ! Il est plus tard que je ne le pensais !

Paige cacha mal sa déception.

— Oh, non ! Tu dois travailler ce soir, Piper ?

— Je n'ai pas vraiment le choix. Je ne suis pas assez riche pour faire partie de ces propriétaires qu'on ne voit jamais, tu sais. L'équipe peut se débrouiller quand je ne suis pas là, mais c'est plus facile pour tout le monde quand j'y suis.

— Alors c'est fichu pour notre soirée entre sœurs, je suppose ! déclara Phoebe en fronçant les sourcils.

Un sourire s'épanouit sur le visage de Paige.

— Mais on peut passer une soirée entre sœurs n'importe où, dit-elle. C'est parfois encore plus rigolo quand c'est un endroit avec de la bonne musique, beaucoup de gens et plein de bruit.

Phoebe n'eut pas besoin de réfléchir.

— Je suis partante ! annonça-t-elle. Tu es d'accord, Piper ?

Piper montra son visage sérieux des grands jours.

— Euh… Voyons voir… des gens veulent venir dans ma discothèque et y dépenser des sous ? Des gens qui ne sont pas seulement mes sœurs, mais aussi des jeunes filles ravissantes qui inciteront des hommes à venir passer un peu de temps dans mon club et donc à y dépenser beaucoup de sous… Vu sous cet angle, je dirais que je suis plutôt d'accord !

— Comment ça, des sous ? demanda Paige. Tu ne nous invite pas ?

— Les temps sont durs, tu sais ! Mais c'est d'accord. Je vous invite à condition que les pourboires sortent de votre poche ! Et ne soyez pas trop radines !

Paige remarqua que Phoebe regardait par terre.

— Qu'est-ce qu'il y a ?

— Vous savez, l'entretien d'embauche d'aujourd'hui n'a pas été un gros succès, dit-elle. Je ne pense pas qu'ils me donneront ce boulot. En fait, il se peut même qu'ils fassent désinfecter tout le bâtiment parce que je n'ai pas arrêté d'éternuer. Et cela ne m'étonnerait pas qu'ils m'envoient la facture.

— Dans ce cas, je dirais qu'ils te font une fleur en ne t'offrant pas ce poste, déclara Cole.

— Ce serait tout de même sympa si je pouvais trouver un job.

— Je t'invite, ce soir, proposa Paige. En fait, j'invite tout le monde. Pour les pourboires, en tout cas. Le reste, c'est pour Piper, n'est-ce pas ? ajouta-t-elle en interrogeant sa sœur du regard.

Elle vit que Cole et Léo échangeaient d'étranges coups d'œil. Ils avaient envie de venir aussi. Cole avait terminé ses affaires démoniaques en cours et Léo n'avait pas de mission particulière d'Etre de Lumière à gérer ce soir-là. Il n'avait donc qu'une envie : se trouver au même endroit que Piper.

Une Piper qui était ravie. Plus on est de fous, plus on s'amuse ! C'était peut-être un cliché, mais elle avait l'impression que ce soir, cela allait être le cas et qu'ils allaient faire une super-fête tous ensemble !

Ils se trouvaient au P3 depuis une heure environ quand arriva Darryl Morris. Son costume marine était froissé et sale, ses joues égratignées et, dans l'ensemble, Phoebe trouva qu'il avait l'air d'un type qui cumulait les frustrations et ne dormait pas assez. Mais il souriait en les rejoignant à la table ronde autour de laquelle ils s'étaient tous installés.

— Vous venez prendre un verre avec nous, inspecteur ? demanda Léo en lui désignant un siège vide.

Darryl hocha la tête et s'assit en laissant échapper un profond soupir, comme s'il portait toute la misère du monde sur ses frêles épaules.

— Dure journée ? cria Phoebe pour se faire entendre malgré la musique.

— Horrible ! Et ce n'est pas fini. Il faut que je retourne au bureau pour remplir des tonnes de paperasses avant d'aller me coucher.

— Vous êtes encore en service ? demanda Cole. Est-ce une visite officielle ?

— Ma visite est on ne peut plus officieuse, répondit Darryl d'une voix si basse que tous durent se pencher pour l'entendre. Personne ne sait que je suis ici. Quand je serai parti, même moi je ne me souviendrai pas d'être venu.

— Compris, dit Phoebe.

— Ah bon ? répondit Paige. Parce que moi, je ne suis pas sûre d'avoir saisi !

— Je te l'expliquerai plus tard, lui dit Phoebe.

Darryl les considéra longuement et ils attendirent qu'il prenne la parole.

— Il m'est arrivé un truc particulièrement étrange, ce soir, commença-t-il.

— Et quoi donc ? demanda Paige.

— Je circulais avec une collègue du service à travers les rues les plus embrumées de la ville, près de l'eau, essayant de repérer le tueur avant qu'il ne fasse une nouvelle victime…

— Vous l'avez trouvé ? interrompit Léo d'un air innocent.

Darryl ignora la question.

— A un certain moment, j'étais pratiquement certain d'avoir entendu un cri. C'était difficile à dire à cause du bruit des voitures et du brouillard qui étouffait les sons. J'ai même cru voir des silhouettes gesticuler dans la brume épaisse, mais ça non plus, je n'en suis pas certain. On a donc avancé un peu, puis on est revenus sur Leavenworth, là où il m'avait semblé voir des gens et entendre des cris, mais il n'y avait plus rien ni personne. L'endroit était complètement désert.

— Le brouillard provoque parfois des effets bizarres, dit Phoebe.

Darryl continua à ignorer les interruptions.

— Il n'y avait pas un chat quand on est arrivés. On a donc continué notre route et on a croisé une jeune femme qui courait, comme si sa vie en dépendait. Elle portait un uniforme de serveuse. Un joli brin de fille, d'ailleurs. On l'a arrêtée pour lui demander pourquoi elle était si pressée et elle a répondu qu'elle craignait d'être en retard pour chercher son gamin à la garderie. Ensuite, on lui a demandé si elle avait vu quelque chose d'inhabituel, et elle a répondu que non. On l'a donc laissée repartir.

— Qu'est-ce qu'il y a d'étrange à ça, Darryl ? demanda Paige.

— Dans cette ville, c'est rare de ne pas voir des trucs surprenants. Mais cela fait longtemps que je fais ce métier de flic et je sais quand quelqu'un me raconte des bobards. Et je suis certain que cette femme me mentait. Mais je ne pouvais pas l'arrêter, puisqu'elle n'avait pas l'air d'être coupable de quoi que ce soit. Bon, j'ai donc décidé de venir vous demander si vous, de votre côté, aviez remarqué quelque chose sortant de l'ordinaire dans ce quartier, cette nuit, ou si vous aviez entendu des cris dans le brouillard.

— Nous ? demanda Phoebe. Vous voulez savoir si on a vu quelque chose de bizarre ?

Piper s'était approchée et se penchait maintenant vers Darryl.

— C'est à propos du tueur que vous cherchiez, n'est-ce pas ? Eh bien, sachez simplement qu'il ne vous causera plus d'ennuis, ni à vous, ni aux autres. Jamais.

— Mais vous…

Piper l'interrompit.

— Les meurtres n'auront plus lieu. La Villa Gates, dans Tenderloin, avec tous ces cadavres ? Eh bien, sachez que ce tueur-là est également éliminé. Il n'y aura bien sûr pas de procès, mais vous pouvez nous croire sur parole.

— C'était le même type ? demanda Darryl. Cent ans plus tard ?

— Le même type, répondit Paige. Cent ans plus tard.

— Voilà un tueur qui ne fera plus jamais de victimes à San Francisco. Ni ailleurs non plus ! Ni demain, ni dans cent ans. Plus jamais !

— Eh bien, vous m'en voyez ravi ! répondit Darryl. Je ne sais pas encore comment je vais expliquer ça dans mon rapport, mais…

Il sourit un instant, puis reprit :

— En fait, je n'aurai pas à faire de rapport, puisque le FBI reprend l'affaire à partir de minuit. Ils poseront des questions et s'il n'y a pas de réponses, ce sera à eux d'en expliquer la raison dans leur rapport.

Il éclata de rire en tapant sur la table.

— Génial ! Je crois que ce sera une première !

— Comment ça ? demanda Cole.

— C'est la première fois que le fait de connaître les